Dino

In der Reihe „The Tribe“ sind bisher erschienen:
Band 1: Schöne neue Welt
Band 2: Zwischen Hoffen und Bangen
Band 3: Das Zeitalter der Auserwählten
Band 4: Der Weg in die Freiheit

THE TRIBE™

Die Vorgeschichte
Bray und Martin

Linda Jensen

Dino

Die Deutsche Bibliothek – CIP-Einheitsaufnahme

Ein Titeldatensatz für diese Publikation ist bei der Deutschen Bibliothek erhältlich.
The Tribe, Die Vorgeschichte, Band 1, Bray und Martin

Dieses Buch wurde auf chlorfreiem, umweltfreundlich hergestelltem Papier gedruckt.

Nach einer Idee von Raymond Thompson, Executive Producer.

Chefredaktion: Axel Nowak
Redaktion: Silke Schlegel
Lektorat: Ray Bookmiller
Umschlaggestaltung: TAB Werbung, Stuttgart
Satz: Greiner & Reichel, Köln
Druck: GGP Media, Pößneck
ISBN: 3-89748-688-1

Dino entertainment AG im Internet: www.DinoAG.de
Bücher – Magazine – Comics

Die Geburtstagsparty

Es regnet mittlerweile so heftig, dass Martin das Ende des Gartens kaum mehr erkennen kann. Nur noch das große Rasenstück vor dem Haus ist zu sehen. Und drüben der Grillplatz. Und der Geräteschuppen dahinter. Alles trieft vor Nässe. Dabei hatten sie bis vor zwei Stunden noch den herrlichsten Frühlingstag!

Natürlich hätte auch Martin am liebsten draußen gefeiert, genau wie Bray. Die beiden Brüder hatten schon alles zum Grillen aufgebaut. Tische, Bänke, einen Teil der Kuchen und Torten, die ihre Mutter gebacken hat. Aber dann zog vom Stadtzentrum her eine schwarze Wolkenwand heran. Bray wollte es trotzdem riskieren, mit den eingeladenen Freunden unter freiem Himmel zu feiern. Doch schließlich hat Martin seine Meinung gegen ihn durchsetzen können – mit dem für alle Anwesenden begrüßenswerten Ergebnis, dass sie jetzt im Trockenen sitzen.

„Martin, komm, die Kerzen ausblasen!“

Seine Mutter. Sie denkt immer noch, er sei ein Kind. Dabei wird er morgen fünfzehn! *Was soll's,* denkt er. *Ich gehorche und spiele das Spiel eben mit.*

„Los, Martin, alle auf einmal!", wird er jetzt auch von Ebony aufgefordert. Er kennt sie erst seit heute. Bray hat sie eingeladen, sie ist eine Klassenkameradin von ihm, kürzlich zugezogen. Sie scheint ziemlich nett zu sein, auch wenn sie so tut, als sei sie der Chef im Ring. Wahrscheinlich weiß sie ganz genau, wie gut sie aussieht mit ihrer dunklen Haut und den Glutaugen. *Aber so sind Frauen eben,* glaubt Martin. *Alle wollen sie im Mittelpunkt stehen, die hübschen erst recht.*

Trudy und ihre beiden Freundinnen schieben ihn zum Tisch, was er sich lachend gefallen lässt. Außer ihnen hat er natürlich auch Frank eingeladen, seinen besten Freund, und vier weitere Kumpels aus der Klasse. Alle verlangen jetzt von ihm, sich diesem kindischen Brauch zu unterziehen. „Na, meinetwegen!", sagt er schließlich und gibt nach. „Aber nächstes Jahr mache ich das nicht mehr mit!"

Er pumpt seine Lungen voll, beugt sich über den köstlich duftenden Kuchen und – *pfffuh!* – pustet, so stark er kann. Ah, geschafft! Fünfzehn graue Fäden Rauch kräuseln empor. Applaus, Applaus!

Bray wurde gestern sechzehn. Es hat sich bei den Brüdern eingebürgert, gemeinsam zu feiern, am Tag zwischen ihren Geburtstagen. Er lädt ein paar seiner Basketballfreunde und Leute aus seiner Klasse ein, Martin welche aus seiner. Die meisten kennen sich sowieso schon, von der Schule. Dort hat Martin auch Trudy kennen gelernt. Sie ist jünger als er – was ihn überhaupt nicht stört – und geht nicht in seine Klasse. Sie begegnen einander immer auf dem Schulhof und haben auch fast denselben Nachhauseweg. Von Anfang an verstanden sie sich großartig. Seit einiger Zeit ist er ziemlich in sie verliebt.

Die Geburtstagsparty letztes Jahr wird er nie vergessen, denn da kam es zwischen ihr und ihm zum ersten Kuss. Er hatte sie hinter den Schuppen gelockt, wo niemand sie sehen konnte. Obwohl er sie deutlich spüren ließ, worauf er es abgesehen hatte, begleitete sie ihn. Mutiges Mädchen! Er dagegen war so aufgeregt, dass ihm die Knie zitterten. Dabei handelte es sich um ein ganz harmloses Küsschen: Mit spitzen Lippen setzte er es auf ihre linke Wange. Danach sah sie ihm lange sprachlos in die Augen und lief dann einfach weg. Ihn aber hat es mächtig stolz und glücklich gemacht, dass sie den Kuss überhaupt zuließ.

Leider hat sich das Verhältnis der beiden seither nicht so entwickelt, wie er es sich wünscht. Sie lernen miteinander, das schon. Englisch, Mathe. Sie ist nicht besonders gut in der Schule, und er freut sich jedes Mal, wenn er ihr ein bisschen helfen kann. Ein paar Mal ging sie mit ihm im Park joggen. Aber das war's dann auch. Vielleicht liegt es ja an ihm, dass sie sich nicht einladen lässt. Jedenfalls hat sie sich bisher jedes Mal geweigert, mit ihm auszugehen. Weder ins Kino will sie mit noch zur Imbissbude. Auch nicht zum Schlittschuhlaufen. Trotzdem fühlt Martin genau, dass sie ihn mag.

Während seine Mutter den Kuchen verteilt, beobachtet er Bray. Es ist etwas an ihm, das Martin auch gerne hätte. Wenn er nur wüsste, was es ist. Er strahlt eine ungeheure Ruhe aus, wirkt selbstbewusst, und natürlich kann der große Bruder mit Frauen umgehen. Martin dagegen ist eher der schüchterne Typ. Vielleicht sollte er sich an Bray ein Beispiel nehmen und mehr in die Offensive gehen.

Meistens hat er es nicht leicht mit ihm, aber er liebt ihn natürlich trotzdem. Als sie kleiner waren, hat er Martin ständig beim Ringen besiegt. Das wurmte den dermaßen, dass er eine Zeit lang nichts mehr von seinem Taschengeld ausgab, sondern es sparte und sich schließlich Hanteln kaufte. Das Training mit ihnen scheint gewirkt zu haben: Die Kämpfe wurden ausgeglichener. Heute sind die Brüder ungefähr gleich kräftig.

Frank stößt Martin heimlich in die Seite. Er folgt dem Blick des Freundes – aha! Frank will noch ein

Stück Kuchen. „Mom, Frank ist am Verhungern!", ruft Martin. Alle lachen. Dass Frank ein Vielfraß ist, hat sich längst herumgesprochen. Aber nur Martin weiß, dass er wahrscheinlich den Weltrekord im Omelettevertilgen hält. Als Martin einmal bei ihm war, hat er sich sage und schreibe acht Eier in die Pfanne gehauen und alles auf einen Sitz verdrückt. Respekt!

Martins Mutter ist die perfekte Kellnerin – und Köchin. Schon ist sie herbeigeeilt und lädt Frank ein besonders großes Stück auf den Teller. Obwohl sie fröhlich wirkt, weiß Martin, dass sie bedrückt ist. Sie lässt es sich nur nicht anmerken. Gestern nämlich jährte sich nicht nur Brays Geburtstag, sondern auch der ihres ersten Sohnes, der jetzt sechsundzwanzig sein muss. Damals war sie noch blutjung und musste das Kind deshalb zur Adoption freigeben. Seither hat sie diesen Sohn nie wieder gesehen. Auch Martin und Bray kennen ihren Halbbruder nicht. Sie fragen sich oft, was aus ihm geworden sein mag. Allerdings bleibt dieses Thema auf die Brüder beschränkt. Ihre Eltern reden nicht gerne darüber, am allerwenigsten Mom. Gestern Abend jedoch haben sie gehört, dass sie weinte. Arme Mom!

Nuss-Sahnetorte mit Marzipan also. Martin kennt das: Wenn etwas Essbares vor Frank steht, vergisst er alles um sich herum und taucht erst wieder aus seiner Versenkung auf, wenn das letzte Krümelchen in seinem Magen verschwunden ist. So auch jetzt. Aber er ist dürr wie ein Nagel!

Am meisten macht es Martin Spaß, mit ihm Golf zu spielen. Letzte Woche hat er den *Prügelkoeffizienten* eingeführt: Wer von ihnen beiden am härtesten schlägt, hat gewonnen, egal wohin die Bälle fliegen. Die zwei droschen sie körbeweise hinaus und hatten dabei natürlich jede Menge zu lachen. Martins Meinung nach muss dieser Kampf unentschieden gewertet werden. Frank sieht es genauso.

Nachdem sie heiß geprügelt waren, gingen sie auf die Runde und setzten um, was sie sich beigebracht hatten. Das Ergebnis: die reinste Katastrophe! Die Kugeln zischten links und rechts weg, bis sie beide keine mehr hatten. Sie mussten deshalb die Runde tatsächlich abbrechen – aber sie kamen keineswegs mit gesenkten Köpfen zurück. Im Gegenteil! Als Bray die zwei Freunde sah, grinste er breit und fragte: „Spaß gehabt?" Offenbar sah er ihnen das Vergnügen an, das sie sich mit dem wilden Prügeln selbst bereitet hatten.

Bray spielt ebenfalls Golf. Obwohl er so gut wie nie übt, schlägt er sowohl seinen Bruder als auch Frank jedes Mal deutlich. Auch aus diesem Grund spielt Martin lieber mit seinem Freund als mit ihm, obwohl beide natürlich viel von Bray lernen können. Für Martin ist es zwar hart, zugeben zu müssen, dass Bray mehr Talent hat als er, aber es ist einfach so. Noch klarer als im Golf drückt sich Brays Überlegenheit beim Basketball aus. Da gibt es nichts zu deuteln. Doch wenn Martin weiter gut trainiert, holt er ihn bestimmt irgendwann ein. Besser als Frank ist er jedenfalls schon, und zwar sowohl im Golf als auch im Basketball.

„Ich kann nicht mehr!", stöhnt Frank, schiebt den leeren Teller von sich, lehnt sich ächzend zurück und streicht sich mit der rechten Hand über den nach wie vor nicht vorhandenen Bauch.

„Gut", sagt Mom und lächelt in die Runde. „Wenn ihr alle nichts mehr wollt, dürfen Bray und Martin jetzt ihre Geschenke auspacken."

Das ist das Stichwort, auf das Martin schon lange gewartet hat. Gespannt eilt er in die Halle zum offenen Kamin, vor dem wie in jedem Jahr hüben und drüben die geheimnisvollen Päckchen auf dem Steinboden liegen. Bray kommt ebenfalls herbei und betrachtet mit sichtlichem Behagen die für ihn bestimmten Geschenke.

Von Mom und Dad bekommt Martin eine neue Golftasche, das weiß er bereits. Das unförmige Ding da hinten, mit rotem Papier umwickelt, muss sie sein. Aber erst beginnt er mit dem kleinsten Päckchen, um möglichst die Spannung zu halten. Er schält ein Buch zum Pilze-Bestimmen von Amelie aus dem Papier. Also hat Trudy ihrer Freundin gesteckt, was er ihr einmal unter vier Augen auf dem Heimweg erzählte: dass er letztes Jahr mit Dad oben in den Bergen Pilze suchen war. „Danke!“, sagt Martin ein wenig halbherzig zu Amelie und legt das Buch weg.

Nächstes Päckchen. Ein Computerspiel? Das kann nur von Frank sein! Es entpuppt sich als die neueste Version von *PC-Golf*. Auf der Plastikhülle steht mit giftgelbem Filzstift geschrieben: „Von Frank für Martin“. Der Beschenkte klopft ihm kumpelhaft auf die Schulter und bedankt sich grinsend. Hat Frank seine diversen Winke mit dem Zaunpfahl also doch verstanden!

Von Kim, Trudys anderer Freundin, hat Martin eine Tube Haargel bekommen. Ihr gegenüber fällt sein Dank ziemlich tonlos aus, denn er würde sich derlei Zeug niemals ins Haar schmieren. Aber er versteht durchaus: Sie hat es gut gemeint.

Bray hat ihm – wie angekündigt – einen neuen Roman geschenkt, den der große Bruder in den höchsten Tönen lobt. Martin ist neugierig, ob ihm das Buch genauso gut gefällt wie Bray. Mittlerweile hat Bray auch das Geschenk seines Bruders ausgepackt: Harpers „Kleine Mineralogie“. Zwar wechselt Bray seine Hobbys und Interessensgebiete häufiger als manch anderer die Fernsehprogramme; aber was er einmal gelernt hat, vergisst er nicht mehr. Nach den Sternen sind jetzt eben Steine bei ihm dran. Er blättert das Buch auch sofort neugierig durch, wie Martin zufrieden zur Kenntnis nimmt.

Die Eltern haben Bray das Geld für den Führerschein gegeben. Mit dem entsprechenden Gutschein wedelt er glücklich herum, küsst Mom und bedankt sich. Ebonys Geschenk an ihn ist eine von ihr selbst getöpferte Blumenvase. Auch seiner Klassenkameradin klebt er ein Küsschen auf und sagt scherzhaft zu ihr: „Das Ding sieht aus wie ... lass mich raten: eine Vase?" Ebony lacht. Anscheinend verstehen sich die beiden ziemlich gut.

Was sich seine Freunde für ihn haben einfallen lassen, wird er dem Bruder bestimmt später zeigen. Jetzt hat Martin keine Zeit, darauf zu achten. Denn das Päckchen, auf dessen Inhalt er am meisten gespannt ist, liegt vor ihm.

Was hat sich Trudy für ihn ausgedacht? Er blickt ihr in die Augen, bevor er es öffnet, doch sie wendet sich ab. Es ist ihr nicht anzusehen, was auf ihn zukommt. Sie wird sich doch nicht wieder einen ihrer Scherze mit ihm erlaubt haben? Zu seinem vierzehnten Geburtstag beschenkte sie ihn mit einer Ladung Lollis. Alle amüsierten sich köstlich darüber, nur er nicht. Aber indem er jetzt den Deckel von der Schachtel nimmt, sieht er mit riesigem Erstaunen, dass es diesmal etwas ganz anderes ist als ein Scherz. Wieder sucht er ihr offenes, schönes Gesicht mit seinem Blick. Jetzt hat sie sich ihm zugekehrt, lächelt ihn fröhlich an und nickt ihm einladend zu.

„Danke, Trudy!", sagt er tief entzückt und wagt sogar, ihr ebenfalls ein Küsschen zu geben – eines wie letztes Jahr, ein harmloses. Sie hat es wirklich verdient! Denn sie hat ihm ein Rasier-Set geschenkt: Nassrasierer, eine Büchse Seifenschaum, Pinsel, Aftershave! Die anderen beneiden ihn darum, umlagern ihn mit „Ahs!" und „Ohs!". Deren Bartwuchs macht im Vergleich zu seinem auch noch nichts her. Bei Martin allerdings sprießt es schon ganz schön heftig.

„Ich finde, du könntest ruhig ordentlicher sein", tadelt ihn Trudy und lächelt ihn dabei so bezaubernd an, dass er dahinschmilzt. „Immer lässt du deine Hemden heraushängen, und beim letzten Mal bist du zum Lernen zu spät gekommen. Damit du endlich erwachsener wirst, dachte ich, könntest du damit anfangen, dich zu rasieren."

Was sie damit meint, erfüllt ihn mit stürmischer Freude. Sie hat ihm etwas geschenkt, das ihn männlicher machen soll – kann es ein deutlicheres Zeichen ihrer Zuneigung geben? Wohl kaum. Oder sollte sich dahinter doch wieder eine ihrer Flunkereien verbergen? Das kann er sich beim besten Willen nicht vorstellen. Nein. Nein!

Beglückt und gedankenverloren reißt er das Papier von der Golftasche und bedankt sich herzlich bei Mom für das Geschenk. Wie er in diesem Moment sieht, hat sie sogar seinen Namen ins Leder der Tasche einsticken lassen! Schade, dass Dad nicht da ist. Seine Arbeit als Kellermeister nimmt ihn immer voll in Anspruch. Martin freut sich schon jetzt darauf, dass Dad heute zum Abendessen kommt. Meist arbeitet er länger, aber für heute Abend hat er versprochen, mit den Brüdern und Mom zur Feier des Tages eine Flasche *Henri Goutorbe* zu trinken. Das ist echter Champagner. Martins erster Alkohol!

Das Training

Für Bray und seine Mannschaft hängt enorm viel davon ab, das bevorstehende Spiel gegen das Basketballteam der anderen Schule zu gewinnen. Der Aufstieg winkt – und damit die Chance für die besten Spieler, sich für einen Sichtungslehrgang zu qualifizieren, der vielleicht die Tür zu einem Profivertrag öffnet. Jeder in Brays Mannschaft hat dieses Ziel vor Augen. Aber Bray ist es, der sich von allen am meisten Hoffnungen darauf machen darf.

Er ist der Kapitän seines Teams und spielt auf der zentralen Position. Sein Trainer weiß, was er an ihm hat. In einer stillen Stunde, von den anderen unbeobachtet, hat er Bray erahnen lassen, dass er seinen Center-Spieler für einen Diamanten hält, der nur noch geschliffen zu werden braucht. Genau das macht er in diesem Moment wieder mit Bray: Er verleiht ihm Schliff. Und zwar durch noch härteres Training, als die anderen Teamspieler es auf sich nehmen müssen.

„Druckpass!", ruft der Trainer vom Spielfeldrand herein. Bray bewältigt seine Aufgabe hoch konzentriert. Er gibt den Ball an Benny ab, der sich dank seiner körperlichen Robustheit in den Gegner hineindrehen und den Korb erzielen kann. Benny fängt den hart gepassten Ball geschickt auf, schüttelt mit einer kurzen Körpertäuschung seinen Gegenspieler ab, tippt den Ball im Laufen einmal auf und schraubt sich hoch. Der Ball landet im Korb. Benny läuft zu Bray und klatscht ihn stolz und dankbar ab. Von den spärlich besetzten Rängen der Turnhalle dringt Applaus herab.

„Sehr gut, Jungs!", ruft der Trainer und klatscht ebenfalls. „Seht ihr, genau so müsst ihr spielen, dann klappt es! Und jetzt: kurze Pause. Taktikbesprechung."

Bray und seine Mitspieler gruppieren sich um den Trainer und warten gespannt, was er ihnen zu sagen hat. Er ist Ungar und heißt Marc Yvers. Aber alle nennen ihn nur „Trainer" oder „Coach". Den Profivertrag, von dem sie alle träumen, hatte er schon in der Tasche. Bray hat Yvers noch spielen sehen, vor vier Jahren in der ersten Liga: sagenhaft! Doch dann verletzte der Ungar sich bei einem Autounfall so schwer, dass er seine Hoffnungen auf eine Profikarriere begraben musste. Rechtes Bein mehrmals gebrochen, Knie kaputt – Sportinvalide. In der Sekunde des Unfalls wurde sein schwarzes Haar schlohweiß. Er trägt es lang und nach hinten gekämmt, was ihm etwas Künstlerhaftes verleiht. Seit zwei Jahren trainiert er nun schon Brays Mannschaft. Letztes Jahr verpassten sie den Aufstieg denkbar knapp in den letzten Minuten des Entscheidungsspiels. Diesmal wollen sie es endlich schaffen.

Der Coach schärft ihnen noch einmal die Positionen ein, die jeder von ihnen besetzen muss. Insbesondere Mike – neben Benny der andere Außenspieler – soll aufmerksamer sein, wenn es um das Umschalten von Angriff auf Abwehr geht. Der Coach schickt ihn nach draußen, verdonnert ihn zu dreißig Hallenumrundungen extra, um Mikes Kondition zu verbessern. „Denn körperliche Kondition“, so der ständige Spruch des Trainers, „ist die erste Voraussetzung für ein konzentriertes Spiel!“

Bray und seine Mitspieler grinsen. Sie kennen den Satz in- und auswendig. Während Mike sich seine Jacke überzieht und kleinmütig aus der Halle läuft, nimmt der Coach sich nun eigens noch Bray vor. „Und du“, raunt er ihm verschworen zu. „Du darfst zu keiner Sekunde den Überblick über das Spiel verlieren. Du musst jederzeit von selbst erkennen, was nötig ist. Mach das Spiel langsam, wenn der Gegner kommt. Mach es schnell, sobald ihr in Ballbesitz seid. Hörst du? Als Center trägst du die Hauptverantwortung für alles! Hast du verstanden?“

„Alles klar!“, sagt Bray und atmet geschafft durch. Ihm ist nur zu gut bewusst, welche Last er zu tragen hat. Gelingt ihnen der Aufstieg auch diesmal nicht, wird es vor allem an ihm gelegen haben. Dann wird alle Welt mit dem Finger auf ihn zeigen und ihm die ganze Schuld zuschieben. Denn er ist nicht nur Center und Mannschaftskapitän, sondern wirft für gewöhnlich die meisten Körbe seines Teams. Es darf einfach nicht sein, dass er Samstag in zwei Wochen versagt.

Der Trainer schickt sie wieder aufs Feld, die besten Spieler auf die eine, die Ersatzleute auf die andere Seite. Während Bray noch einmal sämtliche taktischen Anweisungen rekapituliert, fällt sein Blick auf die Ränge. Soeben kommt Martin herein. Er schaut sich um, erkennt in einer kleinen Traube treuer Fans Ebony, winkt ihr zu und setzt sich neben sie.

Bray schmunzelt nachdenklich in sich hinein. Das mit Ebony und Martin, das wird doch nichts zu bedeuten haben? Seit der Party letzte Woche sieht man die beiden häufiger miteinander. Dabei meint Bray zu wissen, dass sein Bruder sich im Grunde ausschließlich für Trudy interessiert. Die jedoch scheint heute nicht in der Halle zu sein. Oder doch: Da kommt sie ja gerade! Sie setzt sich auf den freien Platz an Martins Seite. Bray denkt noch, dass sein kleiner Bruder auf diese Weise den Puffer zwischen den Mädchen bildet. Die beiden sind sich nämlich ganz und gar nicht grün!

„Vorwärts, Bray! Nicht einschlafen!“

Der Ruf des Trainers reißt ihn aus den Gedanken. Bray bringt sich sofort ins Spiel mit ein.

Das große Ziel, den Aufstieg, verfolgt Bray äußerst gewissenhaft. An seiner Einsatz- und Spielfreude können sich alle ein Beispiel nehmen, auch heute wieder. Er ordnet sich den taktischen Vorstellungen seines Trainers in jedem Punkt unter. Manches klappt hervorragend, anderes weniger gut. Aber Bray weiß genau, dass er und seine Mannschaft auf dem richtigen Weg sind. Nur wenn alle befolgen, was der Coach ihnen sagt, haben sie eine Chance, groß herauszukommen. Und nur darum geht es!

Bray spielt wirklich gut: selten ein Fehlpass, dazu mustergültige Abwehrarbeit. Das bringt ihm immer wieder lobende, aufmunternde Zurufe seitens des Coachs ein. Die zwanzig, dreißig Zuschauer auf der Tribüne spenden für jede gute Aktion Beifall. Zwar kann Bray ihren Applaus nur mit einem Ohr verfolgen, weil er sich aufs Spiel konzentrieren muss. Dennoch hört er aus dem Lärm heraus, dass ihn am lautstärksten zwei Mädchen unterstützen: Ebony und Trudy. Nach jedem Korb, den er geworfen hat, winkt er zu ihnen hinauf. Jedes Mal stehen sie dann auf und klatschen ihm wild und begeistert Beifall.

Martin ruft ihm zwar hin und wieder ebenfalls ein Lob zu, aber er tut es weit weniger ausgelassen als die Mädchen. Bray versteht den Bruder recht gut. Er verzeiht ihm seine Zurückhaltung von Herzen gerne. Schließlich weiß er nur zu gut, wie Martin darunter leidet, nicht zum Team zu gehören. Obwohl er für sein Alter erstaunlich gut spielt, hat er den Sprung in die erste Mannschaft auch dieses Jahr verpasst. Aber nicht wie der große Bruder im Rampenlicht zu stehen, das ist nur die eine Seite der Medaille. Hinzu kommt, dass Trudy nicht Martin zujubelt, sondern ihm, Bray. Die Unterstützung der beiden Mädchen schmeichelt Bray zwar durchaus. Dennoch kann er nachfühlen, dass Trudys begeisterte Zurufe Martin einen Stich versetzen müssen. Aus diesem Grund nimmt er sich während des Gangs in die Kabine vor, seinen kleinen Bruder künftig noch mehr zu unterstützen, als er es ohnehin schon tut.

Nach dem Training sitzt Bray mit seinen Mannschaftskameraden und deren Freundinnen, dem Trainer und einigen der Fans in der Sportlerkneipe. Alle reden sie von dem bevorstehenden Spiel. Der Trainer wendet sich von einem zum anderen, um jedem zum wiederholten Mal einzuhämmern, was er auf dem Feld von ihm sehen will und was nicht. Mike ist gegen Ende des Trainings von seiner Extraeinheit wieder zu ihnen gestoßen. Jetzt ist er an der Reihe. Mit müdem Blick lässt er die Ratschläge des Trainers über sich ergehen.

Unterdessen hat Bray sehr wohl die auffordernden Blicke bemerkt, die Ebony immer wieder von seinem Bruder zugeworfen werden. Martin sitzt ihm gegenüber zwischen einigen seiner Klassenkameraden, die wie er das Training verfolgt haben. Die beiden Mädchen haben auf Brays Seite Platz genommen und sich unter die Reihe der Spieler vom ersten Kader gemischt. *Was kann Martin nur von Ebony wollen?,* fragt sich Bray und beobachtet die unablässigen Bemühungen seines Bruders weiterhin voller Verwunderung.

Bemerkt sie Martins Gebaren denn nicht?, denkt Bray kopfschüttelnd. An Mike vorbei berührt er Ebony am Arm. Als sie den Kopf hebt und zu ihm blickt, sagt er in scherzhaftem Ton mit einem Wink auf Martin: „Mein Bruder scheint etwas von dir zu wollen. Oder etwa nicht?“

„Was denn?“, fragt Martin ertappt und wiegelt ab. „Ich? Nein, bestimmt nicht!“

Bray meint auf den Wangen seines Bruders plötzlich kleine schamrote Flecken zu erkennen. Um ihn nicht noch verlegener werden zu lassen, kehrt er sich Ebony zu und meint schmunzelnd zu ihr: „Jedenfalls seid ihr vorhin auf der Tribüne nebeneinander gesessen.“

„Ja, und?“, erwidert Ebony gereizt. „Das hat überhaupt nichts zu bedeuten! Und wenn dein Bruder meint, ich würde den Postboten für ihn spielen, dann hat er sich geschnitten! Da!“, ruft sie und klatscht vor Bray einen Zettel auf den Tisch. „Den soll ich für ihn an Trudy weitergeben." Sie lacht spöttisch. „Wahrscheinlich ein Liebesbrief! Du kannst ihn Trudy ja geben, wenn du willst! Ich jedenfalls tue es nicht!"

Bray schaut unangenehm berührt auf den ungeöffneten Brief. Einen Blick zu Martin wagt er nicht. Er kann sich denken, wie sein Bruder sich jetzt fühlt. Ebonys seltsame Aufrichtigkeit war gemein! Wie konnte sie Martin nur so vor den Kopf stoßen? Trudy starrt giftig vor sich hin, wie Bray aus den Augenwinkeln bemerkt. Keine Chance mehr, die Angelegenheit vor ihr zu vertuschen. Sie hat alles mitbekommen.

„Ein Liebesbrief?" Bray ist blitzschnell eine Idee gekommen. „Martin, wenn ich mich richtig erinnere, ist das doch die Lösung der Matheaufgabe, von der du gesprochen hast. Hier hast du sie zurück." Er reicht den Brief seinem Bruder hinüber. „Jetzt entscheide du, was du damit anfangen willst. Noch Fragen?"

Mit seiner schnellen Reaktion hat er Ebony den Wind aus den Segeln genommen. Das ist ihrer enttäuschten, erbosten Miene anzusehen. Zudem hat er sie nur selten so sprachlos erlebt wie in diesem Moment. Auch Trudy verhält sich schweigend. Aber in ihren Augen glüht ein gefährliches Feuer, das sie stumm gegen Ebony versprüht. Noch begreift er nicht, welcher Teufel Ebony geritten hat, seinen Bruder derart aufs Glatteis zu führen. Jedenfalls hat er mit seinem Eingreifen das Schlimmste verhindert.

Mit nervös zitternden Fingern nimmt Martin den Brief an sich und schaut kurz dankbar zu Bray herüber. Leise nickt dieser dem kleinen Bruder zu. Mit gesenktem Kopf schleicht sich Martin davon ohne einen Ton zu sagen.

Später, während die anderen weiter über das Aufstiegsspiel diskutieren, fällt es Bray wie Schuppen von den Augen, was Ebony mit ihrer bösen Tat bezweckt hat: Nicht Martin wollte sie bloßstellen, sondern Trudy! *Vielleicht gibt es da eine versteckte Eifersucht,* überlegt er; denn er und Trudy haben sich seit der Party zweimal abends getroffen. Aber nur, weil er für Martin den Weg ebnen wollte! Oder Ebony hat wegen der Gefühle, die Martin ziemlich offen für Trudy hegt, etwas gegen sie. Möglicherweise war Ebonys Indiskretion auch eine Retourkutsche für etwas, das Trudy ihr angetan hat. Schwer zu sagen. Wahrscheinlich von allem etwas!

Bis jetzt konnte Bray nur ahnen, wie sehr sich die beiden Mädchen hassen. Jetzt weiß er es.

Hilfe und Trost

Mit Sicherheit war es von Martin das einzig Richtige, sich wortlos zurückzuziehen. Hätte er sich zu einer anderen Reaktion hinreißen lassen, dann wäre alles nur noch viel schlimmer geworden. Doch auch so fühlt er sich wie ein geprügelter Hund. Beschämt bis auf die Knochen und wütend wie ein angeschlagener Boxer eilt er nach Hause. „Nur fort, fort von Ebony, dieser Schlange!"

Er kickt vor Wut eine prall gefüllte Mülltüte über den Bordstein. Die Straße ist zwar stark befahren, aber es ist ihm egal, wenn die Autofahrer auf die Bremse steigen und voller Ärger hupen! Wenn die wüssten, was in ihm vorgeht! Schwärzer können Gedanken nicht sein als die, mit denen er sich jetzt herumschlagen muss.

Der Müll, der aus der Tüte gepurzelt ist und jetzt über die Straße verstreut herumliegt, von den Wagen überfahren, kommt ihm vor wie sein Leben. Nichts davon ist rein und gut, alles faulig, falsch und verbraucht. Ein Scherbenhaufen! Die Selbstverständlichkeit, mit der sein Bruder heute wieder einmal gespielt hat, nagt an Martin, deprimiert ihn. Im Grunde fing damit die ganze Misere des Abends erst richtig an: mit diesem nicht wegzudiskutierenden Unterschied zwischen ihm und Bray.

Schon ihn heute wieder spielen gesehen zu haben, war für Martin eine psychische Belastung. Bray ist ein verdammt guter Basketballer, das muss Martin anerkennen. Aber: neidlos anerkennen? Seit der verweigerten Aufnahme ins erste Team, die ihm der Trainer vorgestern mitgeteilt hat, ist Martin das nicht mehr möglich. Noch gibt er sich mit der Hoffnung Mühe, es wenigstens zur nächsten Saison zu schaffen. Allerdings hätte die Sache in seinen Augen nur Sinn, wenn er besser werden würde als Bray. Das wird kaum zu schaffen sein. Martin weiß es nur zu gut.

Er ist deprimiert, und seine Stimmung verfinstert sich noch mehr, wenn er daran denkt, was sich nach dem Training abgespielt hat. Die Hände in die Jackentaschen gerammt, rennt er gegen den ihm ins Gesicht peitschenden Nachtwind los, um sich abzureagieren. Nach ein paar hundert Metern hält er an. Er sieht ein, dass er seiner Wut nicht entkommen kann. „Ebony, diese Schlange!“, zischt er noch einmal durch die Zähne und geht langsam weiter.

Dass sie und Trudy verfeindet sind, ist nicht sein Problem. Wenn er gewusst hätte, was Ebony vorhat, hätte er sie ganz sicher nicht gebeten, Trudy den Brief zu übergeben. Meine Güte, war er naiv!

Zu glauben, Ebony würde ihm einen Gefallen tun, einfach so, selbstlos, ohne davon zu profitieren – idiotischer Kinderglaube! Dass sie immer zuerst an sich denkt, hat er jetzt begriffen. Aber aus welchem Grund sie ihm diese Schande angetan hat, weiß er immer noch nicht.

Es ärgert ihn zutiefst, seinem Bruder für dessen kluges Eingreifen etwas schuldig zu sein. Ja, Bray hat die Situation für seinen kleinen Bruder gerade noch bereinigt! Ja, Bray hat sich einmal mehr als grenzenlos schlagfertig gezeigt, als ein Mensch, den man bewundern muss! Martin schüttelt unwillig den Kopf. Er will Bray nicht mehr bewundern. Er will ihn ausstechen, ihn besiegen, will mindestens genauso bewundert werden wie Bray!

„Ist etwas mit dir, Martin?", wird er von seiner Mutter gefragt. „Du machst nicht gerade einen fröhlichen Eindruck. Hast du keinen Hunger?"

Allein schon ihre Anwesenheit tröstet ihn ein wenig. Beim Nachhausekommen hat er an Trudy gedacht. Kein Wunder, dass Mom ihm seine schlechte Laune sofort angesehen hat. Seit heute Abend, das scheint sicher, ist jede Chance verspielt, Trudy endlich näher zu kommen. Wie soll man da Lust haben, das süß-saure Schweinefleisch zu essen, das Mom gekocht hat? Allerdings riecht es genauso verführerisch, wie es aussieht. Das muss er zugeben.

Doch resolut schiebt er den Teller weg. „Nein, nein“, wehrt er ab. „Alles in Ordnung. Ich habe keinen Hunger. Ich mache mir nur Gedanken – wegen des Spiels übernächsten Samstag.“

„Na, dann iss!“, wird er von Mom aufgefordert. „Um den Aufstieg musst du dir jedenfalls keine Sorgen machen. Bray und die anderen schaffen das schon, du wirst sehen. Und kommendes Jahr bist du sicher dabei – wenn du weiterhin so gut trainierst und bis dahin nicht verhungert bist, selbstverständlich!“

Martin seufzt. Er ist drauf und dran, seiner Mutter sein Herz auszuschütten. Es würde ihm gut tun, das spürt er. Aber wo soll er anfangen? Lustlos stochert er in dem chinesischen Gericht herum, nimmt probeweise einen Bissen, murmelt mechanisch „Hm, gut!“ und nimmt noch einen. Dann schaut er sie an und gibt sich einen Ruck. „Weißt du“, beginnt er, ohne einen Plan zu haben, und setzt hilflos stammelnd hinzu: „Trudy.“

Mom fixiert ihn mit mildem Blick. „Gab es Ärger mit ihr?“ Sie setzt sich zu ihm an den großen Esstisch. „Wenn du willst, kannst du es mir ruhig erzählen“, bittet sie Martin. „Ich werde es auch nicht weitersagen. Versprochen!“

Ihre Sanftmut besiegt seine Traurigkeit. Er schildert ihr stockend, wie übel Ebony ihm mitgespielt hat, wie gedemütigt er sich fühlt und wie weit er Trudy durch den heutigen Vorfall von sich entrückt sieht. Alles, was seinen Bruder und dessen Rettungstat anbelangt, spielt er dabei so tief wie möglich herunter. Er weiß, Mom würde ihn nicht verstehen. Er weiß, nur wenn er den Bruder möglichst unerwähnt lässt, wird Mom für ihn, ihren Jüngsten, ausreichend viel Trost finden können.

Als kurz darauf Dad von der Arbeit kommt, schüttet Martin auch ihm sein Herz aus. Dad hört voller Anteilnahme zu, obwohl er müde wirkt. Nachdem er alles erfahren hat, greift er den Ratschlag seiner Frau auf, Martin solle mit Trudy über das Vorgefallene offen sprechen. „Wenn sie dich mag", setzt er warmherzig hinzu, „wird sie dir diese dumme Geschichte bestimmt verzeihen. Du musst ihr nur klarmachen, dass du nichts dafür kannst. Schließlich hast nicht du dich danebenbenommen, sondern diese Ebony." Er streichelt Martin über das blonde Haar und knufft ihn dann aufmunternd gegen die Schulter.

Martin tut die Anteilnahme seiner Eltern gut. Auch wenn seine Niedergeschlagenheit nicht ganz ausgeräumt ist, gelingt es ihm, sich ein Lächeln abzuringen. Er nickt ihnen dankbar zu. „Ich hoffe nur, ihr habt Recht", sagt er matt und gibt zu: „Geredet hätte ich mit Trudy sowieso noch darüber. Trotzdem: danke für euren Rat. Und jetzt würde ich gerne auf mein Zimmer gehen, wenn ihr nichts dagegen habt."

Seine Eltern lächeln sich verständnisvoll an und verabschieden ihn mit einem Kuss in die Einsamkeit des Abends.

Lange liegt er grübelnd wach. Er fragt sich, warum Ebony so böse zu ihm war. Es kann ihr doch keinen Spaß gemacht haben, ihn zu demütigen. Müssen die Menschen denn immer so miteinander umgehen, wie sie es mit ihm getan hat? Und zwei Mädchen wie sie und Trudy – kann es zwischen ihnen denn nie Frieden geben? Er malt sich aus, wie die Welt aussehen würde, wenn sie nach seinen Vorstellungen gebaut wäre.

Zunächst einmal würde er dafür sorgen, dass sich die beiden versöhnen. Wie er das anstellen würde, weiß er zwar nicht; aber er ist sich sicher, dass er es schaffen kann. Schon sieht er sie vor sich: Die Köpfe zusammengesteckt, tuscheln und lachen sie miteinander und legen Karten. Tarotkarten – er kann die Symbole genau erkennen. Warum sie ausgerechnet Tarotkarten legen, ist ihm schleierhaft. Aber vielleicht gefällt ihm diese Vorstellung gerade deshalb so gut.

Es hat den Anschein, als würden sie sein Schicksal und das von Bray enträtseln wollen. Offensichtlich hat Bray nicht viel Außergewöhnliches zu erwarten. Martin sieht seinen Bruder hinter einem Schreibtisch sitzen und irgendwelche unbedeutenden Akten lesen. Bray trägt sein dunkelbraunes

Haar nicht mehr schulterlang wie jetzt, sondern kürzer und weniger jugendlich. Überhaupt wirkt er älter und nicht mehr so durchtrainiert wie jetzt. Bei der Vorstellung, sein Bruder könnte einmal ein erzbraver Spießbürger werden, lacht Martin höhnisch in sein Kopfkissen.

Und was könnte aus ihm selbst werden? Nach kurzem Nachdenken fügt sich ein Bild zusammen, das Martin keineswegs unangebracht anmutet. Es ist Trudy, die ihm die Kartenkonstellation deutet. Sie wirkt ernst dabei – oder eher konzentriert –, aber am Schluss erglüht ihr Gesicht in einem zauberhaften Lächeln. Denn Martin ist Präsident seines Landes geworden, ein gütiger Präsident, der für Frieden und Wohlstand sorgt. Seine Untergebenen huldigen ihm, und er lässt es sich in aller Bescheidenheit gefallen.

Dank ihm sind alle Rassenschranken aufgehoben, Mann und Frau sind absolut gleichberechtigt, alle Kriege gehören der Vergangenheit an, und die Zukunft hält noch mehr Verheißungen bereit. Für deren Erfüllung zu kämpfen bedeutet das Glück seiner Gegenwart in dem ihm übertragenen hohen Amt. Nebenbei hat er immer noch ausreichend viel Zeit, ein exzellenter Golfspieler zu sein, der zudem auch als Basketballer Lob und Anerkennung erntet.

Immer rückhaltloser steigert er sich in diese Fantasien hinein. Er fühlt sich weit, weit empor gehoben über eine unzählige Menge Menschen, die ihm begeistert zujubeln. Am wildesten aber und zugleich am wärmsten wird er von Trudy gefeiert. Ihr Gesicht ragt unter allen anderen klar und deutlich hervor. Kurz bevor er einschläft, sieht er, dass sie den gleichen Ring am Finger trägt wie er. Schon halb im Traum mokiert er sich über seine unverständliche Blindheit. Selbstverständlich sind er und Trudy schon seit Jahren verheiratet! Wie hat er das nur übersehen können?

Geständnisse

Trudy ist kurz nach Martin aus dem Lokal gegangen. Sie weinte still in sich hinein, während Brays Mitspieler weiter darüber fachsimpelten, wie ihre Gegner einzuschätzen waren. Bray hingegen war aufmerksamer als die anderen. Er bot Trudy an, sie zu begleiten, weil sie ihm von Herzen Leid tat. Aber zu seinem Erstaunen lehnte sie ab und machte sich ohne ihn auf den Heimweg.

Vielleicht ist das ganz gut so, denkt er. *Vielleicht muss sie erst einmal mit sich selbst klarkommen.* Dennoch wundert es ihn, dass sie auf sein Angebot nicht eingegangen ist. Bei ihren beiden Treffen letzte Woche hat er nämlich gespürt, dass sie ihn respektiert. Einmal hat ein Blick von ihr, den er zufällig bemerkte, in ihm sogar den Verdacht geweckt, sie würde zu ihm aufsehen, ihn bewundern oder dergleichen. Es war ein verstohlener Blick, mit Sicherheit nicht dazu bestimmt, von ihm bemerkt zu werden. Deshalb denkt Bray, dass er sich auch getäuscht haben kann. Aber wie dem auch sei – seine Anteilnahme an ihrem Schmerz ist jedenfalls aufrichtig gewesen. Das dürfte ihr klar gewesen sein. Deshalb kann es für die Ablehnung seiner Begleitung nur den einen Grund geben, dass sie mit sich allein sein will.

„Wie sieht's aus?", fragt ihn Ebony unvermittelt. „Ich möchte nach Hause. Gehst du ein Stück mit? Ich muss mit dir reden."

Er schaut zu ihr hinüber, blickt in ihr lächelndes Gesicht. Irritiert fällt ihm auf, wie hübsch sie ist. Da er zudem ebenfalls eine Aussprache mit ihr wünscht, nickt er und sagt: „Klar. Da gibt es nämlich einiges, was ich dich unbedingt fragen muss."

Er bezahlt und verabschiedet sich von seinen Teamkameraden, während sie an der Tür auf ihn wartet. Aus dem Augenwinkel mustert er Ebonys Erscheinung. Heute Abend trägt sie nicht die Schuluniform, in der Bray sie schon oft gesehen hat, sondern ein blaues, schulterfreies Kleid. Als sie sich zur Garderobe dreht, um ihre Jacke zu holen, sieht er, dass sie auf der rechten Schulter ein Tattoo trägt. Chinesische Schriftzeichen in Schwarz, umrankt von roten Blumen. Er findet, das passt ausgesprochen gut zu ihr. Denn ihr Gesicht zeigt einen unverkennbar asiatischen Einschlag – mit den hervortretenden Wangenknochen, dem Stupsnäschen und den schräg geschnittenen Augen. Auch die Frisur gefällt ihm an ihr: die blond und dunkelblau gefärbten, zu lockigen langen Zöpfen zusammengedrehten Strähnen. Eigenwillig – aber ansprechend!

„Können wir?", empfängt sie ihn und hakt sich unternehmungslustig bei ihm ein.

„Ich konnte vorher nicht reden", sagt er und führt Ebony mit sich hinaus. „Aber jetzt erklär mir bitte, was das vorhin sollte."

„Was denn?" Sie schaut ihn schmunzelnd an, während sie an seinem Arm weitergeht. Da er ihr einen strafenden Blick zurückgibt, tut sie so, als würde sie erst jetzt begreifen. „Ach, das? Das musst du nicht so wichtig nehmen. Es war nicht gegen Martin gerichtet, glaub mir. Ich wollte nur Trudy eins auswischen. Diese Kuh geht mir auf den Geist."

„Und warum, bitteschön? Ich finde sie nämlich ausgesprochen nett."

„Im Ernst?" Ebony lacht schallend. „Ich hätte nicht gedacht, dass du auf Kinder stehst!"

Bray hält inne und wendet sich ihr zu. Seiner Ansicht nach hat sie keinen Grund, sich für erwachsener oder reifer zu halten als Trudy. Er befreit sich von ihrem Arm und sagt in ernstem Ton: „Falls du etwas gegen Trudy hast, ist das deine Sache. Das müsst ihr untereinander ausmachen, ich mische mich da nicht ein. Aber wenn du meinen Bruder für deine Zwecke missbrauchst, hört für mich der Spaß auf! Du hast ihn mit deiner blöden Masche bloßgestellt und verletzt. Das lässt du in Zukunft bleiben, hörst du? Er hat mit eurer Streiterei nämlich nicht das Geringste zu tun!"

„Willst du dich etwa als sein Beschützer aufspielen?“, erwidert sie amüsiert. „Naja, könnte sein, dass er den nötig hat. Er ist ja *so* ein Sensibelchen!“

Unwirsch schüttelt Bray den Kopf. „Denk von ihm, was du willst. Mag sein, dass er ein bisschen schüchtern ist, aber das ist noch lange kein Grund, ihn auszulachen.“

„Ich habe ihn doch nicht ausgelacht!“, empört sie sich. „Wobei du zugeben musst, dass es ganz schön blauäugig von ihm war zu glauben, ich würde für ihn den Postboten spielen!“

Er sieht sie forschend an und räumt brummend ein: „Stimmt, das war nicht besonders schlau von ihm. Trotzdem, spiel deine Spielchen gefälligst mit jemand anderem!“

„Okay, okay“, sagt sie und hebt beschwichtigend die Hände. „Wird nicht wieder vorkommen! Jetzt lass uns von etwas anderem reden ...“

Zu Brays Erstaunen beginnt sie, ihm übers Basketball Löcher in den Bauch zu fragen. Der Themenwechsel ist ihm nicht unrecht. In der Rolle des Beschützers seines kleinen Bruders fühlt er sich nämlich nicht sonderlich wohl. Die Aussprache mit Ebony über ihr garstiges Verhalten aber, die musste sein! Während er über das bevorstehende Spiel spricht, gibt er ihr zwischen den Zeilen zu verstehen, dass er ihr bereits so gut wie verziehen hat.

„Was habt ihr zwei eigentlich gegeneinander?", fragt er Trudy, als sie am nächsten Abend miteinander durch die Stadt schlendern. Ursprünglich war sie mit Martin verabredet, aber der hat abgesagt, da er mit seinem Freund und Klassenkameraden Frank dringend für eine Klausur büffeln muss.

„Ich und Ebony? Sie ist ganz einfach ein Miststück!", platzt es aus Trudy heraus. „Was sie sich gestern geleistet hat, hast du ja hautnah miterlebt. Was bildet die sich eigentlich ein? Martin so zu blamieren war eine Gemeinheit! Von mir will ich gar nicht reden, ich bin an ihre Intrigen allmählich schon fast gewöhnt."

„Im Ernst?", unterbricht Bray ihren Redeschwall und muss grinsen. Da Trudy auf Ebony dermaßen gallig reagiert, kann er nicht glauben, dass ihre letzte Bemerkung ehrlich gemeint war.

Trudy winkt ungehalten ab. „Sie war noch keine Woche in unserer Klasse, und schon hatte sie sämtliche Lehrer um den Finger gewickelt! Und die Jungs sind hin und weg von ihr! Abscheulich!"

„Höre ich da etwa Eifersucht heraus?"

„Eifersucht?" Sie prustet unwillig durch die Nase. „Blödsinn! Ich bin nicht auf sie eifersüchtig, im Gegenteil! Ich könnte mir sogar vorstellen, dass wir eines Tages Freundinnen werden – natürlich nur unter der Bedingung, dass sie durch und durch anders wird."

„Ja, klar", meint er gedehnt. Er amüsiert sich köstlich über Trudys Zorn, auch wenn er spürt, dass der zumindest zum Teil gerechtfertigt und angebracht ist. Aber ganz nimmt er ihn Trudy nicht ab; dazu fehlt ihren giftigen Kommentaren der letzte Ernst.

„Von mir aus soll sie ruhig die ganze Welt an der Nase herumführen!", fährt sie in ihrer Empörung fort. „Ich jedenfalls habe nicht vor, ihr auf den Leim zu gehen! Denn, weißt du, was mich so maßlos an ihr stört, ist die Art und Weise, wie sie die Leute gegeneinander ausspielt. Und auf mich hat sie es vor allen anderen abgesehen! Sie lässt keine Gelegenheit aus, mich anzuschwärzen oder sonst wie dumm dastehen zu lassen. Deshalb schwöre ich dir: Meine Rache wird fürchterlich sein!"

Bray wendet sich ihr zu und kann dabei das Schmunzeln nicht unterdrücken, das ihm ihre furiose Schlusspointe abnötigt. Trudys unübersehbares Temperament imponiert ihm. Ihr wortreicher Ausbruch stimmt ihn so fröhlich, dass er plötzlich in schallendes Lachen ausbricht.

Sie reagiert verärgert, das sieht er ihr an, sie missversteht seine Heiterkeit, fühlt sich offensichtlich nicht ernst genommen. Ihre zornige Miene hat sich im ersten Moment noch mehr verdunkelt. Doch dann kann er an ihren funkelnden blauen Augen erkennen, wie sie sich von seiner

Lachlust anstecken lässt. Ihre Brauen heben sich, ihre Stirn wird glatt und beinahe schimmernd. Dann fällt sie in sein Lachen ein und lacht so tief von Herzen wie er. Im Widerschein der Neonreklamen und Kaufhausbeleuchtungen blinken ihre makellosen Zähne dabei auf wie Brillanten.

Sie hören nicht auf zu lachen, bis angesichts der vielen Menschen in der Einkaufsmeile ein kleines Verlegenheitsgefühl in ihm aufsteigt und seine Ausgelassenheit unsanft abbremst. Wie sie kichert auch er noch eine Zeit lang verhalten weiter. Dann verständigen sie sich durch Blicke, hier wegzugehen und irgendeine ruhige Bar aufzusuchen.

„Das war toll!", schwärmt Trudy, nachdem sie eine Bar gefunden und sich an ein abgelegenes Tischchen gesetzt haben. „Ich habe lange nicht mehr so gelacht, ehrlich."

„Richtig erfrischend war das!", bestätigt Bray, nimmt ihre Hände in seine und sagt aufgeräumt: „Dass es mit dir so viel Spaß macht, hätte ich echt nicht gedacht."

Verwundert registriert er, dass sie ihm ihre Hände entzieht, puterrot anläuft und den Kopf von ihm abwendet. *Was habe ich denn jetzt verbrochen?*, fragt er sich irritiert.

„Bray", haucht sie und dreht ihm wieder den Kopf zu. „Ich muss dir ein Geständnis machen. Du darfst es mir aber nicht übel nehmen!"

So erwartungsvoll angespannt, wie sie ihn anschaut, schwant ihm nichts Gutes. Dennoch fordert er sie mit einer kurzen Handbewegung auf, ihm frank und frei zu sagen, was sie auf dem Herzen hat. Noch immer hat er keine Ahnung, was seine harmlose, einfach seiner guten Laune entsprungene Bemerkung in ihr ausgelöst haben mag.

„Bray", beginnt sie ein wenig fester, blickt jedoch erneut dabei weg. „Ich ..." Langsam hebt sie den Kopf, Bray hört ihr langes Haar knistern, ihr flehend auf ihn gerichteter Blick macht ihm beinahe Angst. „Es ist ... es ist nicht einfach ... Bray, ich habe ... ich glaube, ich habe mich in dich verliebt!"

Er prallt zurück und versucht sich zu vergewissern, dass er sich nicht verhört hat. „Was?", stammelt er mehr als erstaunt. „Wieso? Wieso in mich verliebt? Das meinst du doch nicht im Ernst, oder?"

Ihr leises, zerbrechliches Nicken verrät ihm, dass er sie durchaus richtig verstanden hat. Noch immer ist er fassungslos. Die widersprüchlichsten Gefühle zucken durch sein Herz. Er ist ungehalten über ihr Geständnis. In seiner Verwirrung schlägt er mit der flachen Hand auf den Tisch.

Als er sie mit fragendem Blick mustert, sieht er ihr nicht nur an, dass sie nicht scherzt. Das Flehen in ihren Augen macht ihm klar, wie tief ernst es ihr ist. Eine Träne kullert ihr über die Wange und lässt ihren Gesichtsausdruck noch sehnsüchtiger, noch verletzbarer erscheinen. Bray wird sich bewusst, dass er seine Worte jetzt mit äußerster Vorsicht wählen muss. Er will Trudy nicht das Herz brechen, aber eben auch nicht das seines Bruders.

„Nur weil wir ein paar Mal miteinander weg waren abends?“, fragt er mit aufgesetztem Lächeln, um die Situation zu entspannen. „Oder wegen der Lachorgie vorhin? Nein, nein, das glaube ich dir nicht. Das kaufe ich dir einfach nicht ab. Und zudem – ich bin doch viel zu alt für dich!“

Mit diesem ziemlich abgedroschenen Argument hofft er sie auf Distanz halten zu können. Aber Trudy schluchzt leise auf. Als sie ihn anblickt, sieht er, dass die Tränen jetzt unaufhaltsam fließen.

„Quatsch!“, seufzt sie mit brechender Stimme. „Du bist nicht zu alt! Du bist genau der Mann, den ich mir immer vorgestellt habe ...“

„Hör mir zu, Trudy“, unterbricht er sie, bevor sie sich noch weiter verrennen kann, und beugt sich über den Tisch zu ihr hinüber. „Lass uns Freunde bleiben wie bisher. Ich mag dich, du bist ein nettes Mädchen. Und hübsch. Aber wir passen nicht zueinander, glaub mir.“

„Doch!“, seufzt sie mit tränenersticktem Trotz.

Ihm muss dringend etwas einfallen. Indem er zu einer Notlüge greift, sucht er die Entscheidung: „Aber da ist Hannah ...“

Trudy blickt voller Schreck auf. „Hannah?“

Bray nickt. „Sie ist nicht mehr mit Mike zusammen. Seit unserer Party ...“

„Ist das wahr?“, haucht Trudy verzweifelt und durchbohrt ihn mit quälenden Blicken.

Festes, entschiedenes Nicken. Bevor Bray sich ausmalen kann, wie er aus den heraufbeschworenen Verwicklungen halbwegs unbeschadet herauskommen kann, schluchzt Trudy herzzerbrechend auf und rennt urplötzlich weinend davon.

Bray starrt lange ins Leere. Nicht im Traum hätte er geglaubt, dass sie ihm diese Gefühle entgegenbringen würde. Seiner Ansicht nach hat er ihr keinen Anlass gegeben, sich in ihn zu verlieben. Ihr Geständnis traf ihn wie ein Blitz aus heiterem Himmel. Und auf seine diplomatische Leistung ist er alles andere als stolz. Er kann nur hoffen, dass Trudy sich wieder beruhigt.

Widerstreit der Gefühle

Die Klausur in Geschichte, derentwegen Martin seine Verabredung mit Trudy absagen musste, ist für ihn sehr gut gelaufen. Den fahlen Nachgeschmack, den ihm der verpasste Abend bereitet, wird er dennoch nicht los. Es passt ihm ganz und gar nicht, dass sein Bruder und Trudy miteinander ausgegangen sind. Deshalb hat er sich vorgenommen, sich ihm gegenüber kühl und distanziert zu verhalten und sich bei Trudy noch mehr Mühe zu geben als bisher.

Dass sie ihn einen Tag später bittet, nach der Schule mit ihm Eis essen zu gehen, nimmt er als positives Signal. Hoch erfreut greift er ihren Vorschlag auf. Der Tag ist sommerlich warm, und am Strand wird es herrlich sein. Leider scheinen die Schulstunden heute kein Ende nehmen zu wollen. Als es endlich so weit ist und er Trudy am Schulportal erblickt, ist aller Ärger der letzten Tage wie weggewischt.

„Hast du lange gewartet?“, begrüßt er sie und erklärt ihr, dass er nicht früher kommen konnte.

„Ich hatte auch bis eben Chemie“, nimmt sie seine Entschuldigung achselzuckend entgegen. „Aber jetzt gehen wir los, ja?“

Das rote Kopftuch ihrer Schuluniform fasst ihr lächelndes Gesicht ein. Er nickt ihr fröhlich und unternehmungslustig zu, und sie gehen. Der Bus bringt sie zum Strand. Als sie aussteigen, empfängt sie eine angenehm kühle Brise. Die Terrasse des Cafés, auf der sie sich einen Platz suchen, reicht weit auf den Strand hinaus. In das Wogen der Brandung mischt sich der Lärm im Sand spielender Kinder.

„Schön ist es hier“, sagt Martin und seufzt genüsslich.

Er bestellt die erbetene Eisbombe *Brombeertraum* und einen Cappuccino mit Wasser für sie und fünf Kugeln Zitroneneis mit Sahne plus eine Coke für sich. Er weiß, dass sie sich wieder einmal weigern wird, sich von ihm einladen zu lassen. Trotzdem wird er es ihr selbstverständlich auch diesmal anbieten. Er lächelt still vergnügt in sich hinein bei diesem Gedanken.

Bis die Bedienung wiederkommt, geben sich beide schweigend dem Strandpanorama hin. Als das Bestellte vor ihnen steht, erkundigt er sich beiläufig, wie ihr Abend mit Bray war.

„Nett“, gibt sie zur Antwort und beginnt, ihr Eis zu löffeln. „Hat er dir nichts davon erzählt?“

„Wir reden nicht so oft miteinander in der letzten Zeit“, sagt er ausweichend.

„Ach, tatsächlich? Und wieso nicht?"

„Naja ..." Er steckt sich ein Stück Eis in den Mund. Während es schmilzt, überlegt er, was er sagen soll. „Er hat nur das Spiel im Kopf. Und ich muss zurzeit viel für die Schule machen."

„Verstehe", nickt sie und lacht. „Beide mit vollem Terminkalender! Da muss ich mir ja mächtig was darauf einbilden, dass ihr euch Zeit für mich nehmt!" Da er nichts darauf zu erwidern weiß, fährt sie nach einer Weile fort: „War dein Brief neulich wirklich eine Mathelösung? Tut mir Leid, dass Ebony sich so mies verhalten hat."

„Mir auch", meint er achselzuckend, ohne auf ihre Frage einzugehen.

Während des nun eintretenden Schweigens widmet er sich ganz seinem Eis. Auch Trudy scheint nur Augen für die verschiedenfarbigen kleinen Eiskugeln in ihrer Schale zu haben. Das Rauschen des Meers scheint jetzt lauter zu werden.

„Das Spiel ist ja auch unheimlich wichtig", unterbricht Trudy die Gesprächspause. „Klar, dass sich Bray vernünftig darauf vorbereitet. Ich frage mich überhaupt, wie er da noch Zeit für etwas anderes aufbringen kann."

„So schlimm ist es auch wieder nicht. Er hat es noch immer geschafft, sein Leben auf die Reihe zu bringen." Martin forscht in ihrer Miene, ob sie den versteckten Sarkasmus seiner Bemerkung verstanden hat. Nein, offenbar nicht.

„Was macht er denn noch so?“, erkundigt Trudy sich in beiläufigem Ton. „Außer Schule und Basketball und Golf und seiner Freundin?“

„Welcher Freundin?“

Trudy lacht verhalten. „Hat er denn mehrere?“

„Nein, nein.“ Martin zieht die Stirn kraus. Das Gespräch beginnt ihm zu missfallen. „Nein, keine eigentlich zurzeit, soweit ich weiß.“

„Und Hannah?“

„Hannah? Ist die nicht mit Mike zusammen?“

Trudy zuckt die Achseln.

Martin versucht das Thema zu wechseln. „Wie gesagt, ich weiß nicht genau, was bei Bray alles läuft in letzter Zeit. Aber ich bin mir ziemlich sicher, dass er nur noch das Spiel im Kopf hat. Er ist ja auch der wichtigste Mann auf dem Platz!“

Aufs Neue scheint ihr seine Spitze entgangen zu sein. „Stimmt“, bestätigt sie arglos. „Er spielt wirklich toll!“

Martin verzieht die Mundwinkel. „Und im Golf ist er auch ein Ass“, setzt er genervt hinzu.

„Aber vielleicht doch nicht ganz so wie im Basketball“, räumt sie nachdenklich ein. „Dafür kommt er in der Schule richtig gut zurecht. Und sonst finde ich ihn auch ziemlich nett.“

„So, findest du?“

„Naja, er sieht gut aus, er kann gut mit Menschen umgehen, ist einfühlsam. Ich finde, du kannst wirklich stolz darauf sein, solch einen Bruder zu haben."

„Hast du Lust, schwimmen zu gehen?", fällt ihm glücklicherweise ein. Er hat keine Lust, sich Trudys Lobeshymnen über Bray länger anzuhören.

Zu seiner Erleichterung nimmt sie den Vorschlag voller Freude an. Als er für sie bezahlen will, lehnt sie dies energisch ab. Dass seine Vorahnung eingetreten ist, versöhnt ihn ein wenig mit der für ihn wenig angenehmen Unterhaltung.

Sie schälen sich aus den Schuluniformen und springen ins kühle Wasser. Es macht Martin viel mehr Spaß, wild mit ihr herumzuplantschen, als sich über Bray aushorchen zu lassen. Durch das erfrischende Bad und danach das Nebeneinanderliegen auf dem warmen Sand wird der Nachmittag für Martin doch noch erfreulich. Sie sprechen auch nicht mehr über seinen Bruder, sondern über die Schule und andere Dinge.

Für den heutigen Freitagabend ordnet die Schulleitung unvermittelt einen Kinobesuch an, an dem alle oberen Klassen teilzunehmen haben. Gerüchte über den Sinn und Zweck dieser außergewöhnlichen Maßnahme machen in der Schule die Runde. Martin vermutet rein erzieherische Gründe. Schließlich handelt es sich bei dem ausgestrahlten Film um eine BBC-Produktion über die Wirkungsweise von Viren. Zusatzunterricht in Biochemie also, beileibe keine lockere Abendunterhaltung.

Wie Martin scheinen auch die vor dem Kino versammelten Schüler allesamt ein wenig bedrückt zu sein. Morgen haben sie frei; jeder von ihnen ginge jetzt lieber seinem Privatvergnügen nach. Aber ein Verstoß gegen eine solche Anordnung würde ihnen eventuell entscheidende Minuspunkte bescheren. Durch das ausgeklügelte Kontrollsystem, von dem der persönliche ID-Streifen am Ärmel der Uniform jedes Schülers nur ein kleiner Teil ist, hätten sie dann im Handumdrehen ihre berufliche Zukunft ruiniert. Das will keiner riskieren, und deshalb sind zur anberaumten Zeit alle vor dem Eingang versammelt.

In Begleitung von Trudy und umströmt von anderen Schülern begibt sich Martin nach drinnen und in den riesigen Saal. Plötzlich steht sein Bruder neben ihm. Er hat Mike, Hannah und Ebony im Schlepptau. Martin macht gute Miene zum bösen Spiel. Er kann nicht verhindern, dass Trudy sich neben Bray setzt, und ergattert gerade noch den freien Platz neben ihr. Auf Brays anderer Seite schließen sich der Reihe nach Hannah, Mike und Ebony an.

„Ich hätte doch zu gerne Popcorn mit hereingenommen", scherzt Mike und dreht sein breites Grinsen zu ihnen her. „Aber die verkaufen heute keines!"

„Mann, das ist nicht Kino wie sonst, sondern Bildungsprogramm!“, erklärt Ebony streng.

Martin schmunzelt in sich hinein. Abgesehen von dem nörglerischen Ton ihrer Bemerkung deutet auch ihr Gesichtsausdruck darauf hin, wie unangemessen ihr die Randposition vorkommt, die sie hat einnehmen müssen. Ein Blick zu Trudy zeigt ihm, wie sehr sie ihr den äußeren Platz gönnt.

Die Lichter werden abgedimmt, der Vorhang geht auf, aus dem Dunkel schält sich musikuntermalt das Logo der Filmgesellschaft, dann der Titel: „Wie Viren wirken“.

„Viren“, meint Mike verächtlich. „Die haben wir doch am Anfang des Schuljahres schon hinter uns gebracht!“

Der Film beginnt, aber Martin interessiert sich nicht sehr dafür. Im Halbdunkel kann er erkennen, dass Mike nach wenigen Minuten an Hannahs Beinen herumzustreicheln beginnt. Sie lässt es kurz geschehen, dann drückt sie seine Hand weg und starrt auf die Leinwand. Dann muss Martin schlucken. Was er jetzt sieht, kann er nicht glauben: Trudys rechte Hand fährt über Brays Arm. Dabei schaut auch sie unverwandt nach vorne.

Kaum hat Martin sich vom ersten Schreck erholt, kommt für ihn der nächste Schock: Trudy hat den Kopf an Brays Schulter gelehnt. Seinem Bruder scheint das unangenehm zu sein, denn er versucht, sich wegzuspreizen. Oder geht er mit Hannah auf Tuchfühlung? Martin fällt Trudys Anspielung von gestern ein. Ihm schwirrt der Kopf. Er weiß nicht, was er von all dem halten soll. Nur eines scheint festzustehen: Trudy versucht sich an seinen Bruder heranzumachen!

„Verdammt!“, hört er Bray in diesem Moment raunen. „Ich habe meine Sporttasche draußen stehen lassen. Wenn die jemand klaut! Ich hole sie lieber herein. Wenn ich mich dann nach hinten setze, merkt bestimmt niemand, dass ich kurz weg war.“

Martin atmet durch. Fürs Erste scheint die drohende Gefahr gebannt. Immerhin riskiert sein Bruder, um Trudy abzuwimmeln, sogar eine Strafe, wenn auch nur eine kleine. Demnach sieht es so aus, als hätte er ihr gegenüber keinerlei ernste Absichten. Aber Martins Erleichterung über diesen Punkt deckt kaum die Hälfte seiner Empfindungen ab. Er ist fürchterlich verärgert über Trudys Gebaren und könnte zugleich angesichts der Ohnmacht gegen die in ihm aufsteigende Eifersucht glattweg aus der Haut fahren.

Seine widerstreitenden Empfindungen beschäftigen ihn so sehr, dass er von dem Film so gut wie nichts mitbekommt.

Offizielle Bekanntmachung

„War übrigens ein guter Zug von dir", wird Bray von seinem Bruder zugeraunt, „dass du dich im Kino von Trudy weggesetzt hast. Ich kann nur nicht verstehen, dass sie etwas von dir will."

Die zwei sitzen auf dem Rücksitz des Autos und unterhalten sich leise während der Fahrt miteinander. Die Eltern, die vorne sitzen, sollen nicht hören, was sie sich zu sagen haben. Mom will eine Woche in einem Wellness-Hotel verbringen und sich kleineren Schönheitsoperationen unterziehen. Da auf dem Golfplatz nebenan ein hervorragend besetztes internationales Turnier stattfindet, hat Bray vorgeschlagen, sie zu begleiten. Dad war gleich Feuer und Flamme, da die Familie schon lange keinen gemeinsamen Ausflug mehr unternommen hat. Er will die Gelegenheit nutzen und es sich übers Wochenende ebenfalls im Hotel gut gehen lassen. Bei Martin dagegen bedurfte es erst einiger Überredungskunst seines Bruders, doch er hat schließlich wegen der absoluten Weltklassegolfer, die an dem Turnier teilnehmen, zugestimmt.

Bray blickt ihn jetzt unverhohlen an. „Na, hör mal!“, erwidert er auf Martins fast schon beleidigende Bemerkung und lacht darüber. „Das kannst du also nicht verstehen. Aber dass sie an dir etwas findet, ist für dich eine glasklare Sache, was?“

„So habe ich das nicht gemeint“, lenkt Martin ein. „Es ist nur ... es hat mir ziemlich zugesetzt, euch beide so zu sehen. Du weißt schon ...“

Bray winkt ab. „Mach dir nichts draus. Zwischen uns ist nichts. Sie hat sich nur ein bisschen in mich verguckt, das ist alles. Aber das gibt sich wieder, da bin ich ziemlich sicher. Es sei denn, du lässt die Zügel weiterhin so schleifen. Ich meine, etwas mehr Mühe musst du dir bei ihr schon geben, finde ich. An mir soll's nicht liegen, ich habe nicht vor, dir in die Quere zu kommen.“

Bray nimmt zufrieden zur Kenntnis, dass sein Bruder beruhigt nickt. In den Wochen seit ihren Geburtstagen war nicht zu übersehen, dass Martin ihm auswich. Bray fragte sich schon, was er ihm angetan hat. Aber so sehr er auch nach dem Grund für Martins Zurückhaltung geforscht hat, es ist keiner zu finden gewesen. Seiner Meinung nach hat er wirklich alles getan, was man für einen jüngeren Bruder nur tun kann – und manchmal sogar mehr als das. Insofern freut es ihn jetzt, endlich einmal wieder zu Martin durchgedrungen zu sein.

Um ihn noch mehr aufzulockern, bringt er das Gespräch auf Ebony und fragt nach einigen einleitenden Scherzen über sie: „Wen findest du eigentlich hübscher: sie oder Trudy?"

Martins Kopf fährt herum. Wie aus der Pistole geschossen kommt die Antwort: „Trudy natürlich! Ebony sieht zwar auch gut aus, aber bei Trudy hat das Aussehen auch etwas mit ihrem Charakter zu tun."

„Schönheit, die von innen kommt", sinniert Bray.

Das ist offenbar eine Spur zu laut geschehen, denn Mom dreht sich zu ihnen um und hakt nach: „Was höre ich da? Ihr philosophiert über Schönheit? Dad, die Jungs unterhalten sich allen Ernstes über Schönheit! Kannst du dir das vorstellen?"

Bray mag die Kosenamen nicht, die seine Eltern einander geben. Bert, Dads richtigen Name, findet er zwar ähnlich unschön wie den von Mom. Nie nennt Dad sie Hilda, sondern – in eingeschliffener Symmetrie – Mom. Aber Bray findet, dass diese Bezeichnungen beide älter machen, als sie tatsächlich sind. Dass er und sein Bruder sie Mom und Dad nennen, empfindet er dagegen als vollkommen normal.

„Schönheit, hm?" Dad blickt im Rückspiegel zu ihnen nach hinten. „Na, dann rückt mal damit heraus, was ihr darunter versteht! Bin sehr gespannt darauf!"

„Ach, lass sie doch!“, wird er von Mom ermahnt. „Sie tuscheln schon während der ganzen Fahrt. Bestimmt haben sie einander tausend wichtige Dinge mitzuteilen.“

„Nein, ich will hören, wie sie darüber denken“, insistiert Dad und schaltet sogar das Radio aus, um nicht von der Trauermusik abgelenkt zu sein, die schon eine ganze Weile läuft. „Überlegt doch mal: Schließlich sind wir unterwegs zu einer Schönheitsfarm. Da liegt das Thema doch auf der Hand!“

„Ich jedenfalls finde es absolut natürlich, dass eine Frau ihrem Aussehen ein wenig auf die Sprünge hilft“, meint Mom. „Von Fall zu Fall gibt es da natürlich Unterschiede. Aber darauf will ich lieber nicht näher eingehen.“

Martin beugt sich vor, klammert sich am Fahrersitz fest und sagt vorlaut: „Du meinst Brustvergrößerungen, Lippensilikon, Fettabsaugen und so was, ja?“

Dad lacht. „Hör dir diesen Bengel an! Kaum dem Strampelhöschen entwachsen, und schon redet er von Dingen, die es in unserer Jugend noch kaum gab!“

Bray betrachtet seinen Bruder prüfend von der Seite und meint dann gemessen: „Ich finde, so eine kleine Nasen-OP bei dir wäre durchaus überlegenswert.“ Mit seinem Zeigefinger stupst er zur Demonstration Martins Nase mehrmals nach oben und lacht, weil er seinem Bruder anmerkt, dass der kurz davor ist, um sich zu schlagen.

„Hör auf damit, Bray! Du verschandelst mir den Kleinen ja!“, bittet Mom, die ebenfalls über Martins dreiste Aufzählung lachen muss.

Bray lässt im letzten Moment von Martin ab. Er hat es lediglich scherzhaft gemeint, sein Bruder scheint jedoch richtiggehend sauer zu sein.

„Immer trampelst du auf mir rum!“, wird Bray von ihm angekeift. „Schau doch mal dich an! Abstehende Ohren, Doppelkinn, und fett bist du auch noch!“

Voller Erstaunen und auch etwas erschrocken sieht Bray ihn an. Eine solch heftige Reaktion hat er nicht erwartet, vor allem nicht nach dem Friedensschluss zwischen ihnen vorhin. Natürlich stimmt nichts von dem, was Martin ihm vorgeworfen hat. Dennoch fühlt sich Bray herausgefordert, die Unverschämtheiten seines Bruders nicht unkommentiert stehen zu lassen.

Doch an seiner Stelle mischt Dad sich ein. „Red doch keinen Unsinn!“, bittet er Martin in einem Ton, der Bray verrät, dass sein Vater nicht bemerkt hat, wie dick die Luft hier hinten ist. „Die Ohren hat Bray von mir, also können sie nicht abstehen! Und alles andere ist völliger Quatsch!“

„Bitte, misch dich nicht ein!“, verlangt Martin mit angekratzter Stimme. „Das geht nur uns beide was an!“

Bray ist über seinen Bruder mehr als verwundert und kann über ihn nur den Kopf schütteln. Da scheint etwas bei Martin im Verborgenen geschlummert zu haben, irgend eine seelische Wunde oder jedenfalls eine Anfälligkeit, sonst hätte er die ganze Sache nicht so ernst genommen. Eine einzige läppische Bemerkung und dieses harmlose Bestupsen seiner Nase hat genügt, und die Wunde ist aufgebrochen.

„Was habt ihr denn nur?", fragt Mom. „Wir haben uns doch ganz friedlich unterhalten."

„Genau!", kommt ihr Dad zu Hilfe. „Ihr wisst ja: immer den Ball flach halten! Also regt euch ab."

Zum Glück taucht in diesem Moment nach einer Kuppe das Hotel vor ihnen auf. Bray ist heilfroh, der schlechten Laune seines Bruders fürs Erste entronnen zu sein.

In der Lounge des Hotels ist niemand zu sehen. Brays Vater ruft mehrmals, doch kein Mensch erscheint. Erst nach einer Weile erscheint hinter dem Rezeptionstresen ein Mann in Livree und stellt sich als Portier vor. Ihm ist anzusehen, dass er geweint hat.

Als Dad ihn auf die Reservierung anspricht, reagiert er eigenartig. „Ja, ja", unterbricht er nervös. „Wissen Sie denn nicht, was geschehen ist? Im Radio haben sie es gerade durchgesagt."

Dad schüttelt ungehalten den Kopf. „Liegen die

Reservierungen nun vor oder nicht?", fragt er fordernd.

„Bitte", meint der Portier und schaut ihn Hilfe suchend und verzeihend an. „Lassen Sie mich doch zuerst erklären! Es ist so furchtbar, dass ich ..."

Der Portier stöhnt auf. Bray sieht, dass er sich krampfartig windet. Dann muss er auch noch miterleben, wie der Mann zu weinen beginnt. Dieser Anblick ist Bray äußerst unangenehm und sogar zuwider.

„Was haben Sie denn?", fragt Mom und versucht ihn mit einem Lächeln aufzumuntern.

„Sie wissen es also noch nicht", seufzt er und wischt sich die Tränen ab. „In den Nachrichten ... es wurde offiziell bekannt gegeben. Sie haben erklärt, dass vielleicht ein Meteorit ..." Wieder schluchzt er auf. „Ich kann es noch immer nicht glauben!"

„Was denn, Mann?", fragt Dad barsch.

„Ein Virus", klagt der Portier. „Ein tödliches Virus! Wir werden sterben! Alle Erwachsenen dieses Planeten werden sterben!"

Ungewissheit

Martin steht genauso fassungslos da wie sein Bruder und seine Eltern. Die Neuigkeit trifft sie so unerwartet, dass keiner von ihnen etwas damit anfangen kann. Seine Eltern bombardieren den Portier mit Fragen. Bray starrt still vor sich hin. Martin versucht das Unbegreifliche irgendwie in den Griff zu bekommen, doch es gelingt ihm nicht.

Dad besteht darauf, den Hotelmanager zu sprechen, um die Geschichte des Portiers zu überprüfen. Doch der sei bereits unterwegs zu seiner Familie, erklärt der Portier jammernd. Nur der Chefkoch und seine Mannschaft seien geblieben, vielleicht auch noch Reinigungspersonal. Alle anderen seien sofort nach Hause geeilt.

„Dann holen Sie diesen Koch her, verdammt!", fährt ihn Dad an. Kein Wunder, dass er so aufgebracht ist!

Nach einigen Minuten bringt der Portier den Koch herbei. Dieser bestätigt die schreckliche Aussage. Martin empfindet es als merkwürdig, dass ihm die Ruhe und Gefasstheit, die der Koch ausstrahlt, trotz allem tröstlich vorkommt.

„Noch ist nichts Genaues bekannt“, setzt der Koch erklärend hinzu. „Wir in der Küche haben die Meldung auf einem anderen Sender gehört als das Personal hier vorne. Es war eine offizielle Bekanntmachung, auf allen Sendern gleich lautend ausgestrahlt. Das haben sie gesagt.“

„Und? Haben Sie Einzelheiten erfahren?“, will Mom wissen. Sie sieht auf einmal schrecklich blass aus.

„Wie gesagt, vielleicht stammt das Virus von einem Meteoriten. Man weiß es noch nicht. Fest steht nur, dass es sämtliche Erwachsenen töten wird. Ich weiß nicht, es ist so ... demütigend! Wir können nichts dagegen tun!“ Seine Stimme zittert bei diesen letzten Worten.

„Woher wissen die, dass es tödlich wirkt?“, mischt sich Bray ein. „Ich meine, vielleicht besteht ja doch noch Hoffnung. Bestimmt arbeiten die schon längst an einem Gegenmittel!“

Der Koch schüttelt hilflos den Kopf. „Der Meldung nach ist es endgültig“, sagt er leise. „Man weiß, dass das Virus schon eine ganze Weile ... wie soll ich mich ausdrücken? Es ist schon seit einiger Zeit da. Die Wissenschaftler müssen fieberhaft nach einem Gegenmittel gesucht haben – ohne Erfolg. Erst als sie den Beweis hatten, dass sie es nicht schaffen würden, hat man sich dazu entschlossen, es bekannt zu geben. Wir können nichts dagegen tun, gar nichts!“, wiederholt er.

Martin erinnert sich unvermittelt an den Film, in den die Schüler geschickt worden sind. Oder sitzt er noch immer in diesem Film und hat auf die eine oder andere Art die Realität aus den Augen verloren? Er fragt sich ernsthaft, ob nicht all das, was er gerade durchlebt, eine Frucht seiner Fantasie ist. Sind etwa seine Nerven so überreizt, dass nichts mehr so ist, wie es scheint? Die Nachricht von dem Virus ist so unbegreiflich schrecklich, dass er keine Möglichkeit findet, angemessen darauf zu reagieren.

Aber wie kann man eine solche Schreckensmeldung überhaupt aufnehmen? Dad forscht noch immer den Koch aus, der ihm mit bewundernswerter Geduld und Ruhe antwortet. In Brays Gesicht spiegelt sich Bestürzung und Ohnmacht wider. Unablässig arbeiten die Muskeln seiner Kinnladen, weil er in seiner Verwirrung auf seinem Unterkiefer herummahlt. Ähnlich blass wie er steht Mom da, die den Tränen nahe und doch voller Zweifel ist, ob sie das Unfassbare glauben soll oder nicht.

In diesem Moment betritt ein altes Ehepaar die Lounge. Der vielleicht siebzigjährige Mann hat sich drei unterschiedlich große, offensichtlich schwere Koffer aufgeladen, während seine Frau einen Trolley zieht und sich neben ihrer Handtasche mit einem Schminkkoffer abmüht. Die Frau weint, ihr Make-up ist hoffnungslos zerflossen. Beide keuchen vor Anstrengung.

Der Mann wendet sich aufgebracht an den Portier: „Ist denn kein Page da? Ich habe andauernd geklingelt, aber niemand ist gekommen. Wie Sie sehen, reisen wir ab. Also helfen sie uns gefälligst!“

„Gewiss“, stammelt der Portier überfordert und schaut sich in der Lounge um. Vom Personal ist niemand zu sehen. Er wechselt einen Blick mit dem Koch, doch als dieser keine Anstalten macht zu helfen, lächelt der Portier kurz verwirrt und tritt zu dem alten Mann. „Bitte“, sagt er zu ihm und will ihm die Koffer abnehmen.

Der Alte kommt jedoch auf Martin und die anderen zu und wettert in die Runde: „Es ist eine Schande, wie man hier behandelt wird! Ich werde mich beschweren, darauf können Sie sich verlassen! Wer sind Sie überhaupt?“

„Gäste“, erwidert Dad knapp. „Und das hier ist der Chefkoch des Hotels.“

„Also, Sie da“, wendet sich der Alte an den Koch. „Jetzt hören Sie mir mal ganz genau zu! Wir haben hier für viel Geld eine Suite gebucht und müssten ein Mindestmaß an Service verlangen können. Aber was ist? Nichts ist! Niemand kümmert sich um uns! Es ist zum Heulen, wirklich zum Heulen!“

Unvermittelt bricht er in Tränen aus. Auch seine Frau schluchzt laut auf. Beide weinen plötzlich herzzerreißend. Erst jetzt erkennt Martin, dass die

Ungehaltenheit dieses alten Herrn mit den Versäumnissen des Personals in Wahrheit wenig zu tun hat. Es ist lediglich seine Art und Weise, die Ohnmacht zum Ausdruck zu bringen, die er angesichts des furchtbaren Schicksalsschlags empfinden muss, der ihn und seine Frau getroffen hat.

Bestürzt registriert Martin, dass nun auch bei seiner Mutter die Tränen fließen. Ist es Anteilnahme am Leid dieser alten Leute? Oder kommt es daher, dass sie begriffen hat, sie wird das Schicksal mit ihnen teilen? So zart und zerbrechlich sieht sie in diesem Augenblick aus, dass er den Drang spürt, mit ihr zu weinen. Doch in dieser Sekunde geschieht etwas mit ihm, das ihn völlig aus der Bahn wirft.

Er sieht die Erwachsenen um sich herum mit einem Schlag als Sterbende an. Aus Moms milchweißer Gesichtshaut sieht er rote, eitrige Geschwüre hervorbrechen. Sein Vater taumelt, muss sich am Tresen festhalten, damit ihn die Schwäche nicht zu Boden zieht. Der alte Mann scheint von einem Moment auf den nächsten so sehr gealtert, dass Martin sich fragt, wie dessen krummer, gebeugter Körper sich überhaupt noch am Leben erhalten kann. Und das Make-up im Gesicht seiner Gattin zerfließt zu grotesken Figuren, die Martin wie kleine Monster erscheinen, die sich in die faltige Haut der Alten verbeißen.

Nur Bray steht unverändert neben ihm, erschrocken zwar und blass, aber gefasst und körperlich gesund. In diesem Augenblick begreift Martin, dass der Uhrzeiger der Welt einen entscheidenden Strich weitergerückt ist. Die Schule, das Basketball, das Golfturnier – all das hat keinerlei Bedeutung mehr. Es wäre ein Witz, jetzt noch die über das Wochenende aufgegebenen Hausaufgaben machen zu wollen. Ab sofort muss auch nicht mehr trainiert werden, um sich in irgend einem Sport zu verbessern. Auch ist das Vorhaben, durch den Besuch des Golfturniers neue Schwungerkenntnisse finden zu wollen, plötzlich ebenso widersinnig geworden wie Moms Aufenthalt in dieser Schönheitsfarm. Nichts, gar nichts ist mehr, wie es war.

Bei dieser Erkenntnis beginnt Martins Herz in wilden, starken Schlägen zu pochen. Er spürt, dass er tief in seinem Innern schon immer auf etwas Besonderes gewartet hat. Bis zu diesem Moment jedoch hat er nicht gewusst, was das sein könnte. Doch jetzt erkennt er: Die Gelegenheit, als der zu handeln, der er ist und insgeheim schon immer war, ist gekommen!

Er fühlt sich als der kommende Beherrscher der neuen Welt.

Martin und sein Bruder begleiten das alte Ehepaar und den Portier nach draußen. Auch hier kein Page, der den Wagen vorfahren würde. Diesmal jedoch regt sich der alte Mann nicht mehr darüber auf. Er scheint sich vollständig in sein Schicksal ergeben zu haben. Zwar weint seine Frau noch immer, er aber schreitet rüstig und gefasst dahin. Martin kommt es so vor, als ob der Alte beschlossen hätte, der Zukunft mit Anstand und Würde entgegenzugehen.

Der Abschied von den beiden geht in aller Knappheit vonstatten. Bray hat die Frau einsteigen lassen und die Beifahrertür geschlossen. Das verweinte Gesicht in ihr Taschentuch vergraben, winkt sie kurz mit der rechten Hand und stiert dann nur noch vor sich hin. Der Alte winkt stumm, nimmt am Steuer Platz und lässt den Motor anspringen. Als der Wagen davonfährt, kommt Martin dies wie ein unübersehbares Zeichen vor. Für ihn hat es nur die eine Bedeutung: Mit dem Verschwinden der Alten ist die Vergangenheit endgültig besiegelt und das gewohnte Leben ein für alle Mal vorbei.

Wieder im Innern des Hotels angelangt, sieht Martin seinen Vater noch immer ins Gespräch mit dem Koch verwickelt. Bray tritt zu Mom und schlingt tröstend den Arm um sie. Martin hört, wie sie miteinander reden, aber was sie sagen, interessiert ihn nicht. Er fühlt sich getragen wie von einer Wolke und nimmt seine Umgebung nur schemenhaft wahr.

„Wir reisen natürlich ebenfalls ab", hört er seinen Vater sagen. „Ich bin zwar sicher, dass uns nichts geschehen wird. Das mit diesem ominösen Virus kann doch nicht so schlimm sein, wie sie es darstellen! Aber besser, wir sind auf alles vorbereitet. Also, kommt! Abfahrt!"

Dad verabschiedet sich vom Chefkoch, während Mom von Bray hinausgeführt wird. Martin geht hinter den beiden her, mechanisch und ohne sich ihnen zugehörig zu fühlen. Vor dem Hotel steht noch ihr Auto. Wie vorher der alten Frau hilft Bray jetzt auch Mom in den Wagen. Martin nimmt hinten Platz. Kurz darauf steigen Dad und Bray ein. Niemand spricht ein Wort, jeder ist mit seinen eigenen Gedanken beschäftigt.

Die Zukunft, in die sie fahren, ist ungewiss.

Infiziert

Bray hat seit Erhalt der Nachricht vom todbringenden Virus kein Wort mehr gesprochen. Stumm weigert er sich, in die Schule zu gehen, und zeigt sich auch den massivsten Drohungen der Schulbehörde gegenüber unbeugsam. Es macht keinen Eindruck auf ihn, dass seine Punktekartei ins Minus gerutscht ist. Er hat damit abgeschlossen, ein strebsamer Schüler zu sein. Sollte das Direktorium sich dazu entschließen, ihn nicht zu versetzen, wäre ihm selbst das einerlei. Die meisten Lehrer würden ihn im nächsten Jahr sowieso nicht mehr unterrichten können. Bis dahin würden sie tot sein.

Dass Mom und Dad wie die meisten Erwachsenen so tun, als wäre nichts geschehen, kommt Bray ungeheuerlich vor. Einer stillen, allgemeinen Übereinkunft zufolge scheint alles weitergehen zu sollen wie vor dem Virus. Mit seinem konsequenten Schweigen drückt er aus, dass er ein Gegner dieser Vogel-Strauß-Politik ist. Es gibt außer ihm unzählige Jugendliche und Erwachsene, die denken wie er. Jeder dieser Gruppe protestiert durch Schweigen.

Bereits am Tag nach der offiziellen Bekanntgabe der weltumspannenden Bedrohung wurden erste Einzelheiten der verheereden Wirkung des Erregers veröffentlicht. Demnach waren bis dahin schon ungefähr zwölf Prozent aller Erwachsenen der Seuche zum Opfer gefallen. Dank der regional unterschiedlichen Wucht, mit der das Virus zuschlägt, geht es den älteren Bewohnern von Brays Heimatland noch relativ gut. Andernorts sind bis zu achtzig Prozent der erwachsenen Bevölkerung bereits infiziert, hier sind es circa sechsundzwanzig Prozent. Aber auch hier – wie überall – werden es täglich mehr.

Ein Gegenmittel existiert nicht. Da die mit der Erzeugung einer wirksamen Medizin betrauten Wissenschaftler diejenigen waren, die am intensivsten mit dem Virus in Kontakt kamen, liegt bei ihnen die Sterberate besonders hoch. Ihre Entdeckung, dass sein Ansteckungspotenzial total sei, ist dadurch zur leeren Feststellung verkommen. Über die Luft, über das Wasser, über das Essen, über die Haut – das Virus dringt auf jede mögliche Art in den menschlichen Körper ein. Zudem mutiert es ständig. Dieses Forschungsergebnis muss als niederschmetternd betrachtet werden, denn somit ist so gut wie ausgeschlossen, rechtzeitig irgendeine Handhabe gegen das Virus zu finden.

Am schlimmsten waren die chaotischen Zustände, die in den ersten Tagen weltweit geherrscht haben. Es ist zu Massenselbstmorden, zu Plünderungen und jeder Art von Übergriffen gekommen. Die Polizeieinheiten alleine konnten der wachsenden Bedrohung durch Teile der aus der Bahn geworfenen Bevölkerung nicht Herr werden. Erst der massive Einsatz militärischer Kräfte hat verhindern können, dass aus der einstigen Ordnung völlige Anarchie geworden ist. Hunderte, wahrscheinlich Tausende sind durch die Maßnahmen des Militärs umgekommen. Diese Maßnahmen dauern an.

Am vierten Tag *danach* erfährt Bray von Ebony, dass die Klasse nachher zu einem Tag der offenen Tür im Parlamentsgebäude eingeladen sei. Ebony hat ihn täglich mit Nachrichten versorgt. Sein schweigender Protest nämlich hat für ihn das Verbot eingeschlossen, sich von der Presse oder durchs Fernsehen auf dem neuesten Stand halten zu lassen. Er ist der Auffassung, dass Erwachsene, die angesichts der ungeheuerlichen Bedrohung den Kopf in den Sand stecken, wenig geeignet erscheinen, ihn über die Geschehnisse in seriöser Weise zu informieren.

Er sitzt mit Ebony in seinem Zimmer. Schon seit geraumer Zeit erzählt sie ihm von den Zuständen draußen. Wie jeden Tag hat er auch heute mit stummer Bestürzung auf jede neue Todesnachricht reagiert. Er nimmt auch Ebonys Aufforderung zur Teilnahme an der Besichtigung anfangs nur mit einem gemessenen Nicken entgegen. Diesmal jedoch geht er weiter. Die Einladung hat entschieden seine Neugier geweckt. Zu Ebonys Verwunderung bricht er unvermittelt sein Schweigen und sagt:

„Ja, lass uns hingehen! Vielleicht kann ich von den Politikern vor Ort erfahren, was ich wissen will."

„Bray! Du sprichst ja!", ruft Ebony voller Erstaunen. „Warum tust du das? Mir hat deine Haltung total imponiert! Ich jedenfalls hätte nicht so lange durchgehalten!"

„Ach, weißt du", erwidert er nachdenklich. „Zu schweigen war richtig, solange die Leute begriffen, warum wir das tun. Doch wir haben damit nichts geändert, gar nichts. Jetzt hat es sich erschöpft. Ich will erreichen, dass sich die Erwachsenen besser auf das vorbereiten, was ihnen bevorsteht. Also muss ich wieder sprechen."

Ebony dreht ihren Kopf schief. „Verstehe", sagt sie. „Aber glaubst du wirklich, dass diese Politiker dir offen und ehrlich Auskunft geben?"

„Sie werden es müssen!", sagt er kampflustig, erhebt sich und macht sich mit ihr auf den Weg zum Parlamentsgebäude.

Die Sitzung ist in vollem Gange, als sie ankommen. Mike, Hannah und die anderen Klassenkameraden sitzen bereits alle auf der Besuchertribüne. Ebony setzt sich dazu, wohingegen Bray unruhig stehen bleibt. In den Gängen sind sie an versprengten Politikern vorbeigekommen. Nur weil die Klasse verpflichtet ist, der Sitzung von der Tribüne aus zu folgen, hat Bray keinen zu einem Gespräch gestellt. *Was soll ich hier oben?,* fragt er sich jetzt, entschuldigt sich bei seinen Mitschülern und verlässt die Tribüne. Das Durcheinander im Sitzungssaal, so hat er schon beim ersten Hinhören begriffen, bringt ihn nicht weiter.

„Entschuldigen Sie", wendet er sich in einem Gang an eine Frau, die ihrem Aussehen nach eine Politikerin sein könnte. Doch sie huscht wortlos an ihm vorbei. Auch der Nächste, den er anzusprechen wagt, entzieht sich ihm. Erst beim Dritten, einem grauhaarigen, drahtigen Mann, dessen Gesicht ihm bekannt vorkommt, hat er Erfolg.

„Ach, bitte, hätten Sie eine Minute Zeit für mich?", fragt Bray höflich an.

Der Mann sieht ihn zögernd an, dann nickt er und sagt: „Sicher. Wenn es nur eine Minute dauert."

Bray räuspert sich und versucht aus dem Wust von Fragen, die ihm seit Tagen im Kopf herumgehen, etwas Sinnvolles zusammenzustellen. „Können Sie mir vielleicht sagen", beginnt er gedehnt, „wie die Dinge stehen? Ich meine … für eine ehrliche Antwort wäre ich Ihnen wirklich dankbar!"

„Nun ja, junger Mann", erwidert der Grauhaarige mit feinem Lächeln. „Ich sehe, Sie sind nicht auf den Kopf gefallen. Gut, ich will Ihnen die Wahrheit sagen", setzt er in ernstem Ton hinzu. „Die Sache ist die: Wir können wenig tun. Uns bleibt lediglich, das Leid der Menschen möglichst zu mildern. Eine Lösung gibt es nicht, fürchte ich."

Bray überlegt fieberhaft. „Es kursieren aber Gerüchte wegen eines Gegenmittels! Was wissen Sie davon?"

„Ja, ja, diese Gerüchte kenne ich natürlich auch", räumt er gepresst ein. „Als Staatssekretär muss ich sie schließlich kennen. Aber ich muss gestehen, dass leider nichts an ihnen dran ist. Das ist die reine Wahrheit, wie ich Ihnen versichern kann! Wenn es ein Gegenmittel gäbe, würde ich es liebend gerne eigenhändig verteilen! Und mir würde ich es ebenfalls verabreichen. Ich bin nämlich genauso infiziert wie Millionen andere."

Jetzt hat Bray diesen Mann erkannt. Er erinnert sich, ihn mehrmals im Fernsehen gesehen zu haben. Er kennt zwar den Namen des Mannes nicht, meint aber zu wissen, dass er eine in Regierungskreisen einflussreiche Person ist. Nur tröstet Bray dies nicht über die ernüchternde Dürftigkeit dessen hinweg, was er von ihm erfahren hat.

„Aber etwas müssen Sie doch tun!", begehrt Bray auf. „Sie können sich doch nicht damit zufrieden geben, den Tod all dieser Menschen nur zu verwalten!"

Brays Worte scheinen Eindruck auf den Mann gemacht zu haben. „Sicher, es ist eine Katastrophe", gibt er zu. „Es ist die Katastrophe schlechthin! Schrecklich, einfach schrecklich! Nur, glauben Sie mir, uns sind die Hände gebunden. Ich wiederhole: Wir können gegen dieses Virus leider nichts unternehmen. In seiner Brutalität und beinahe kriminalistisch genialen Verschlagenheit übersteigt es die menschliche Vorstellungskraft. Nie zuvor gab es Ähnliches. Es ist wirklich Wahnsinn!"

Dieser Mensch lügt mit Sicherheit nicht, denkt Bray. *Dazu ist ihm seine Anteilnahme viel zu deutlich anzusehen. Zudem ist er auch infiziert. Er weiß also auch von daher, was er sagt.* Kurz überlegt Bray, ob er weiterfragen soll. Doch erscheint ihm dies plötzlich sinnlos. Ob das Virus von einem Kometen eingeschleppt oder in einem Labor gezüchtet und freigesetzt worden ist, wie es sich weltweit so rasant hat ausbreiten können oder wie es im Einzelnen wirkt – Antworten auf Fragen wie diese kommen ihm schlagartig unwichtig vor. Ihm genügt, dass kein Gegenmittel existiert. Damit ist alles gesagt.

Er bedankt sich bei dem Mann und geht mit gesenktem Kopf aus dem Gebäude. Für kurze Zeit scheint die Ohnmacht, die der Staatssekretär eingestanden hat, auch Bray beschleichen zu wollen. Doch in dieser Minute fasst er den Entschluss, gegen jedes Gefühl der Schwäche anzukämpfen, solange er lebt.

Beim Abendessen freut sich Mom, dass Brays Schweigen zu Ende ist. Martin hat sich seit dem Virus mehr und mehr in seine eigene Welt zurückgezogen, sodass Bray sich nicht wundert, wie gleichgültig sein Bruder die Veränderung aufnimmt.

Als Mom die Suppenschüssel auf den Tisch stellt, erschrickt Bray bis ins Mark. Auf ihren Händen, die ihm immer wie ein Musterbeispiel an makelloser Reinheit vorgekommen sind, hat er rötliche Pusteln bemerkt. Mit einem raschen Augenaufschlag prüft er, ob seine heftige Erschütterung bemerkt worden ist. Doch sein Bruder scheint weder sie noch die Pusteln registriert zu haben. Sie sind ein eindeutiges Zeichen dafür, dass auch Mom infiziert ist. Weiß sie, dass das Virus sie befallen hat? Allem Anschein nach nicht. Mit derselben mütterlichen Freundlichkeit wie immer gießt sie ihm den Teller voll. Bray seufzt unhörbar auf.

„Tut mir Leid", sagt er leise. „Ich habe keinen Hunger. Darf ich in mein Zimmer gehen?"

„Natürlich", sagt Mom und lächelt ihn an.

Auf dem Weg zu seinem einsamen Rückzugsort

wird Bray sich bewusst, dass er mit seinem Bruder irgendwann in naher Zukunft allein dastehen wird. Er quält sich den Abend und die halbe Nacht über mit dem Gedanken, wie er mit dieser schrecklichen Einsicht umgehen soll. In den Tagen davor hat er sich niemals so brutal und direkt damit konfrontiert gesehen. Doch nun haben ihn die Schrecken der Wirklichkeit endgültig eingeholt.

Martins geheimer Schwur

Gleich nach Ausbruch des Virus hat sich Martin aus der Stadtbibliothek ein paar Bücher geholt, in die er seither vertieft ist. Trotz der Unterschiedlichkeit ihrer Titel haben sie eines gemeinsam: Alle beschäftigen sich mit Strategien für den täglichen Überlebenskampf in den Städten und auf dem Land. Aus dem Internet versorgt er sich zusätzlich mit entsprechenden Informationen. Er will für die Welt, die er heraufziehen sieht, gerüstet sein.

Im Unterschied zu Bray geht er weiterhin wie üblich zur Schule. Auch hat Martin zu keiner Sekunde daran gedacht, ein Schweigegelübde abzulegen. Er tut wie alle so, als ob das Leben den gewohnten Gang ginge. Nur ist ihm tief greifender als anderen bewusst, dass die neue Zeit kommen wird, kommen muss. Nichts kann für sein Vorhaben günstiger sein, als dass seine Umwelt ihren gewohnten Trott beibehält. Während sie in der Vergangenheit verharrt, kann er die Gegenwart nutzen, um sich im Stillen für die Zukunft bereitzumachen.

Als Ebony ihn besucht, findet sie ihn vor seinem PC, im Internet surfend. Während sie einander begrüßen, sieht sie auf dem Monitor eine Karte, einen Stadtplan, wie sie vermutet. Darin ist eingezeichnet, wo es welche Stahlwaren zu kaufen gibt.

„Was schaust du dir da an?", will sie wissen und lächelt amüsiert. „Willst du dir etwa online eine Kiste Nägel besorgen?"

Er hat so konzentriert recherchiert, dass ihm ihr Erscheinen ungelegen kommt. Bevor sie ihm auf die Schliche kommen kann, schaltet er den Monitor aus. „Hausaufgaben", meint er achselzuckend. „Und, wie geht's?"

„Oh, gut, danke. Ich wollte nur mal bei dir vorbeischauen. Du hast dich kaum mehr blicken lassen seit ... na, du weißt schon!"

„Du meinst: seit dem Virus", ergänzt er ihren Satz unumwunden. „Ich hatte viel zu tun. Im Gegensatz zu Bray nehme ich die Schule nach wie vor ernst!"

„Ich auch", erwidert sie nachdenklich. „Du hast bestimmt schon mitbekommen, dass er wieder spricht."

Martin nickt desinteressiert.

„Gestern war er mit im Parlament. Er blieb aber nicht bei uns, sondern ist früher gegangen. Seither habe ich ihn nicht mehr gesehen. Weißt du vielleicht, wo er sein könnte?"

„Ist er nicht hier?"

„Nein. Aber ich muss ihn unbedingt sprechen. Weißt du, ich verstehe ihn nicht. Erst weigert er sich tagelang, einen Ton zu sagen. Dann erfährt er von dem Tag der offenen Tür im Parlament und ist plötzlich wie ausgewechselt. Er spricht wieder wie eh und je. Und als wir dort sind, verschwindet er spurlos. Auch in der Schule war er heute nicht. Ist doch eigenartig, findest du nicht?"

„Ich dachte, er will nicht mehr zur Schule gehen", wendet Martin ein.

„Doch, will er! Das hat er mir gestern gesagt. Hast du eine Ahnung, was mit ihm los ist?"

Martin schüttelt langsam den Kopf. Was Ebony erzählt hat, stimmt ihn nachdenklich. Sollte sein Bruder ähnlich denken wie er? Wappnet er sich ebenfalls für die kommende Zeit? Ebony solche Fragen unter die Nase zu reiben, verbietet sich leider. Deshalb beschließt Martin, vorsichtig bei ihr auf den Busch zu klopfen.

„Vielleicht dreht er wegen des Virus ein bisschen durch", beginnt er, „und nimmt sich eine Auszeit, um sich zu sammeln. Was weiß ich!"

„Bray – und durchdrehen? Bestimmt nicht!", versetzt sie entrüstet. „Der verliert höchstens die Fassung, wenn sie beim Spiel morgen Abend keinen Sieg landen!"

„Das Spiel?" Martin ist wie vor den Kopf gestoßen. „Verdammt, das hatte ich völlig vergessen! Findet es denn überhaupt statt?"

„Natürlich! In der Schule war Bray nicht, beim Training am Dienstag aber wohl! Ich habe zugesehen. Er hat gespielt, auch wenn er sein Schweigen selbst auf dem Feld nicht gebrochen hat. Ehrlich, er war ziemlich gut!“

„Was verstehst du denn schon davon!“, grollt Martin. Es missfällt ihm, wie begeistert sie von Bray spricht. „Als Center muss er auf jeden Fall mit den anderen reden, wenn sie ...“

„Tut er jetzt ja wieder!“, unterbricht sie ihn. „Keine Sorge, er wird das schon deichseln. Das heißt, wenn er bis dahin wieder auftaucht. Du weißt wirklich nicht, wohin er sich verkrochen haben könnte?“

„Nein!“ Allmählich gehen ihm ihre Fragen nach seinem Bruder auf die Nerven. „Was willst du denn von ihm?“, erkundigt er sich, um zu einem Ende zu kommen.

„Ihn treffen eben!“

Was sie mit diesen knappen Worten meint, kann Martin ihr am Gesicht ablesen. Es wundert ihn keineswegs, diesen schwärmerischen, sehnsüchtigen Ausdruck darauf zu finden. Alle Freundinnen Brays, die Martin kennen gelernt hat, zeigten dieselbe Miene, wenn sie von Bray sprachen.

„Du bist in ihn verliebt!“, schlussfolgert Martin grinsend.

Ebonys Lächeln wird breiter. Auch sie hat sehr schöne Zähne. *Fast so schöne wie Trudy,* denkt er.

„Verliebt?“, fragt sie nach. Auf ihren Wangen meint Martin ein wenig Schamröte aufflammen zu sehen. „Nein, verliebt bestimmt nicht. Aber ich finde ihn ... süß!“

„So, so. Aha. Süß. Verstehe.“ Er lächelt amüsiert in sich hinein und fragt sich: *Kann ein Mädchen unverhohlener zugeben, dass es bis über beide Ohren verknallt ist? Wohl kaum!*

„Du verstehst überhaupt nichts!“, regt sie sich auf. „Du meinst wohl, weil Trudy in dich verliebt ist, müsste es bei mir und Bray genauso sein. Da irrst du dich gewaltig!“

Jetzt schießt ihm die Schamröte ins Gesicht. Staunend starrt er Ebony an. „Was?“, fragt er gedehnt, nachdem er sich wieder gefangen hat. „Du machst Witze, oder?“

Sie verschränkt die Arme vor der Brust und erwidert in trotzigem Ton: „Absolut nicht! Das sieht doch jeder, dass Trudy auf dich abfährt! Ich wette, selbst als sie sich mit deinem Bruder traf, hat sie eigentlich dich gemeint!“

„Blödsinn!“, wehrt er ab, allerdings ohne innere Überzeugung. Dazu schmeichelt ihm Ebonys Sicht der Dinge viel zu sehr.

„Du glaubst mir nicht? Dann frag sie doch!“, fordert Ebony ihn auf.

Martin winkt ab. Er will sich nicht zu etwas zwingen lassen, das ungünstig für ihn ausgehen könnte. Wenn er mit Trudy über deren Gefühle sprechen sollte, dann nur in der sicheren Gewissheit, sich nicht vor ihr zu blamieren. Er könnte es nicht ertragen, von ihr abgewiesen zu werden.

„Traust du dich etwa nicht?“, stichelt Ebony. „Siehst du, das ist der Unterschied zwischen dir und Bray: Er würde sich trauen!“

„Ach, das ist es nicht“, weicht er aus. „Aber woher soll ich wissen, dass sie wirklich etwas für mich empfindet?“

„Martin, Martin!“, sagt sie in einem Tonfall arroganten Bedauerns. „Um das herauszufinden, wird dir nichts anderes übrig bleiben, als zu ihr zu gehen und mit ihr zu reden. Sie wird dich ganz bestimmt mit offenen Armen empfangen!“, setzt sie schnippisch hinzu.

„Hm“, brummt er zweifelnd, denkt allerdings gleichzeitig: *Ebony hat Recht.*

„Feigling“, sagt sie abschätzig und verabschiedet sich. „Mir kann es ja egal sein, ob etwas aus euch wird. Ich kann dir jedenfalls nur raten, dich zu beeilen. Denn sonst holt sie sich einen, der mehr Mumm in den Knochen hat als du!“

Als sie gegangen ist, hallen ihre Worte in ihm nach. Immer deutlicher wird er sich bewusst, wie sehnlich es ihn drängt, den entscheidenden Schritt endlich zu wagen. Er schwört sich, dieses Wagnis bei nächster Gelegenheit einzugehen.

Verluste

„Achtet mehr auf die Deckung! Mike, nicht so schlampig! Ja, rangehen!“

Ununterbrochen ruft der Trainer seine Kommandos aufs Feld. Bray ist ihm schon beinahe dankbar, dass sie diesmal an Mike adressiert sind. Bestimmt schon hundert Mal war er selbst gemeint.

„Schneller, Leute, schneller! Bray, schlaf nicht ein! Was ist denn los mit dir?“

Aha. Bray stürmt nach vorne, bekommt den Ball, dribbelt. Seine Mitspieler sind alle gedeckt. Durchgehen oder von der Linie werfen? Er entscheidet sich fürs Durchgehen, dribbelt los, umspielt einen Gegner, verfängt sich im zweiten. Der Ball ist verloren, der Gegenangriff läuft.

„Aushelfen, Bray! Oder willst du Wurzeln schlagen! Los, los!“

Bray rennt zurück. Er hat heute einfach keinen Überblick. Was ihm sonst wie von selbst gelingt, überfordert ihn diesmal. Er sieht seine Mitspieler nicht, es fehlt ihm der Blick für den freien Mann. An der gegnerischen Deckung allein kann das nicht liegen, obwohl die Jungs von der anderen

Schule wirklich gut sind. Zwölf Punkte hat Bray erst gemacht, und das Spiel dauert nur noch zwei Minuten. Für gewöhnlich macht er über zwanzig! Er kann selbst nicht begreifen, warum sein Spiel heute nicht stimmt.

„Geh! Geh durch! Korbleger!"

Das gilt wiederum Mike. Der Ball tippt auf dem eisernen Korbring auf.

„Rebound, Bray, Rebound!"

Aber der Gegner fängt den Ball ab und startet erneut einen dieser blitzschnell vorgetragenen Konter. Bray hetzt hinterher, doch es ist zu spät: Sie machen den Korb. Es steht vierundachtzig zu neunundsiebzig für das Auswärtsteam.

Der Coach nimmt hektisch eine Auszeit. „Ihr habt noch anderthalb Minuten", empfängt er seine sich atemlos um ihn scharenden Spieler. „Bray, du musst das Heft in die Hand nehmen! Du kannst es doch! Also, Kopf hoch, Jungs! Spielt den Ball ab, wie ich es euch beigebracht habe. Lasst ihn kreisen, bis denen schwindlig wird. Kapiert, Bray? Du musst die Kugel verteilen, Mann! Bisher spielst du wie ein Anfänger! Was ist los, sag schon, was hast du?"

Bray schüttelt deprimiert den Kopf. „Weiß nicht", japst er. „Kann mich nicht konzentrieren."

„Red keinen Stuss, Bray! Du musst einfach! Hörst du? Du musst! Ihr biegt das schon noch um. Ihr könnt es schaffen, denkt daran! Also, auf geht's! Zeigt es ihnen!"

Sie werden wieder aufs Feld geschickt. Da Bray erst ein Foul zu Buche stehen hat, denkt er, er sollte es einmal mit der Brechstange versuchen, und will aufs Neue durch die Deckung brechen. Doch wie vorhin wird er gestellt. Der Schiedsrichter pfeift ab und gibt Stürmerfoul.

Von den vollen Rängen herab erklingt ein Pfeifkonzert. Der Schiedsrichter wird ausgebuht. Der Lärm ist nicht zu überbieten. Doch der Schiedsrichter lässt sich nicht beeindrucken. Er nimmt den Ball, wechselt damit hinüber in die andere Zone und gibt dem Gegner den Ball zu Freiwürfen. Der Werfer trifft sie beide.

Wenige Sekunden später atmet Bray auf. Mike ist ein Drei-Punkte-Wurf gelungen. Die Halle bebt. Hoffnung keimt auf. Doch schon der Gegenangriff beschert dem Gegner weitere Punkte. *Auf diese Weise,* denkt Bray gehetzt, *schaffen wir es bestimmt nicht mehr, den Vorsprung aufzuholen.* Aus aussichtsloser Lage entschließt er sich ebenfalls zu einem Wurf, der jedoch völlig missrät. An Stelle der drei Punkte auf ihrem Konto baut der Gegner durch den sofort eingeleiteten Konter seine Führung weiter aus.

Die Rufe des Coachs werden in der hitzig geführten Schlussphase zu heißeren Schreien. Obwohl die Sprechchöre, das Tuten und Trommeln der Fans die Halle erfüllt, dringt der Coach zu seinen Jungs auf dem Feld durch. Doch was er ihnen auch zuschreit, sie handeln nicht danach. Bray weiß genau, dass diese desolate Spielweise vor allem an ihm liegt. Er bringt es nicht fertig, ordnend einzugreifen. Als Führungsspieler versagt er auf der ganzen Linie. Seine Mitspieler rennen unorganisiert umher. Nichts klappt mehr.

Als der Schiedsrichter abpfeift, haben sie mit neun Punkten Unterschied verloren. Von den Rängen gellen schrille Pfiffe, in die sich sogar einige Buhrufe mischen. Die begeisterten Fans des gegnerischen Teams hingegen veranstalten Freudentänze. Eine Gruppe mit Trompeten bläst ein ohrenbetäubendes Siegerlied.

Bray schaut geknickt nach oben. Wie versteinert sitzen seine Fans da. Er erkennt Martin, der nur konsterniert den Kopf schüttelt. Ebony und Trudy schauen traurig zu ihm herunter. Hannah scheint die Halle sogar bereits frustriert verlassen zu haben. Hilflos zuckt Bray die Achseln und wendet sich von ihnen ab. Mit hängendem Kopf begibt er sich in die Kabine.

„Was war los?“, herrscht ihn sein Trainer an. „Hattest du Watte in den Gliedern, oder was? So miserabel wie heute habt ihr in den ganzen zwei Jahren nicht gespielt, die ich jetzt hier bin! Und das ausgerechnet beim wichtigsten Spiel eurer Laufbahn! Was meint ihr, was die Spielerbeobachter von euch halten, ha? Glaubst du, Mike, dass sie dir einen Vertrag geben? Oder du, Bray? Findest du, deine heutige Leistung rechtfertigt, dass du in eine höhere Liga kommst? Mannomann, seid ihr Pfeifen! Und ich dachte, mit euch wäre ganz groß etwas anzufangen!"

Die Stimmung in der Kabine ist bereits vor diesem Auftritt des Coachs so schlecht gewesen, dass man eine Nadel hätte fallen hören. Keiner hat ein Wort gesprochen. Jeder ist damit beschäftigt gewesen, die Niederlage zu realisieren. Was draußen vorgefallen ist, kann keiner von ihnen richtig begreifen.

Jetzt fühlen sie sich durch die Worte des Trainers in ihrer Ehre gekränkt. Einige von ihnen widersprechen ihm und schwören, sie hätten sich reingekniet wie sonst auch. Bray hingegen weiß, dass es an ihrem Einsatz nicht lag. Er allein ist für die heutige Niederlage verantwortlich.

Als das Wortgefecht ein wenig abebbt, hebt er den Kopf. Der Trainer hat ihn fixiert, wahrscheinlich die ganze Zeit schon. Bray steht auf und lehnt sich gegen einen der Spinde. Er lässt den Blick über seine Mannschaft und den Trainer gleiten und sagt dann gepresst: „Es tut mir Leid, Männer, glaubt es mir. Es war alles meine Schuld. Mein Spiel war beschissen."

Stille. Ein so offenes Geständnis scheint keiner der Anwesenden erwartet zu haben. Der Trainer macht einen Schritt auf ihn zu und fragt in anteilnehmendem Ton: „Dann verrate mir, bitte, woran das lag? Was zum Teufel ist denn in dich gefahren?“

Verzweifelt blickt Bray zu Boden. „Das Virus“, sagt er dann leise. „Heute Morgen habe ich gesehen, dass nach meiner Mutter jetzt auch mein Vater infiziert ist.“ Er hebt den Kopf, obwohl er spürt, dass ihm Tränen in den Augen stehen. Aber in diesem Moment macht es ihm nichts aus, seine Trauer vor den Kameraden zu zeigen. „Wie soll man Basketball spielen können“, fährt er fort, „wenn überall die Leute sterben? Meine Eltern werden sterben! Versteht ihr? Auch eure werden sterben! Und du auch, Coach! Es hat keinerlei Bedeutung, dass wir verloren haben. Das andere, das ist wichtig! Wer das nicht begreift ...“ Er bricht ab, seine Stimme versagt ihm.

Seine Worte lösen betretenes Schweigen aus. Alle starren ihn an. Langsam, mit ruhigen Handbewegungen nimmt er seine Tasche und geht hinaus. Er muss jetzt alleine sein.

Ziellos irrt er umher, ohne etwas wahrzunehmen. Er ist tief in Gedanken. Plötzlich hebt er den Kopf und bleibt stehen. Hat da nicht jemand seinen Namen gerufen?

„Bray, warte doch!“

Das ist Ebonys Stimme. Er dreht sich nicht um. Will er jetzt mit jemandem reden? Er ist sich unschlüssig und wartet.

Ebony schließt zu ihm auf und sieht ihm lange schweigend ins Gesicht. Er erwidert ihren teilnahmsvollen Blick ohne jede Regung. Doch auf einmal spürt er, wie er von seinen Gefühlen überwältigt wird. Er kann die Tränen nicht mehr aufhalten und stürzt sich aufschluchzend in Ebonys Arme.

Lange verharrt er in der Umarmung mit ihr. Sie drückt ihn aufmunternd und spricht leise tröstend auf ihn ein. Doch er hört nur mit halbem Ohr auf das, was sie sagt. Den Aufstieg verpasst zu haben nimmt er sich ohnehin nicht sehr zu Herzen. Was ihn umtreibt, ist die verheerende Wirkung des Virus, vor allem aber die Gewissheit, in naher Zukunft ohne Eltern zu sein.

Zusammenbruch

Auf dem Weihnachtsball der Schule tanzt Martin mit Trudy. Er könnte glücklich sein deshalb, doch irritieren ihn die Blicke, die sie hin und wieder wie suchend in den Saal wirft. Folgt er deren Richtung, fällt ihm jedoch kein einziges Mal etwas auf. Er kommt zu dem Schluss, dass sie sich an den üppigen Girlanden und den silber besprühten Pflanzen weidet, die ringsum an den Wänden stehen.

Die Band, die spielt, ist ausgezeichnet. Martins Freund Frank sitzt an den Drums, der Rest der Musiker stammt aus Brays Klasse. Da sie die richtigen Songs spielen, macht das Tanzen mit Trudy großen Spaß. Auch wenn sie eine Pause machen und er mit ihr an die Bar geht, hält seine ausgelassen gute Laune an. Das Plaudern mit ihr gelingt ihm heute mühelos. Nur wenn er an den Schwur denkt, den er sich insgeheim abgenommen hat, verfinstert sich seine Stimmung bisweilen.

„Puh, ich kann nicht mehr!“, ruft Trudy ihm zu und lacht. „Lass und etwas trinken gehen. Ich komme um vor Durst!“

Martin ist einverstanden. An der Bar, die einfach

aus einer langen Tischreihe besteht, bestellen sie bei einem der Schüler, die bedienen, ihre Getränke. Auf Trudys Wunsch hin bleiben sie diesmal nicht hier, sondern gehen hinüber zu Brays Tisch. Nachdem sie dort Platz genommen haben, wird Martin von seinem Bruder angesprochen:

„Mann, du tanzt ja wie ein Derwisch! So lange wie heute habe ich dich noch nie auf der Tanzfläche gesehen!“

Martin winkt lachend ab. „Halb so wild! Man braucht nur eine gute Partnerin und jede Menge Kondition!“

Trudy fällt in sein Lachen ein. „Die hat er!“

„Was meinst du mit *die*?“, fragt Ebony ebenfalls lachend. „Dich oder Martins Pferdelunge?“

Trudy wiegt verschlagen den Kopf und blickt Ebony vergnügt an. Eine Antwort gibt sie nicht. Martin fasst ihre heitere Reaktion als ein Kompliment auf, das er auf sich bezieht. Es war wirklich das reine Vergnügen, mit ihr übers Parkett zu schweben. In seinen Armen hat sie sich leicht wie eine Feder angefühlt. Zum Glück hat er letztes Jahr einen Tanzkurs besucht, sonst hätte er sich ganz schön blamiert vor ihr. Er prostet ihr und den anderen zu und trinkt gierig von seiner Limonade.

„Wie ist es mit dir, Bray?“, fragt Trudy. „Wagst du es nachher auch mal mit mir?“

Abwehrend breitet Bray die Arme aus und erwidert grinsend: „Keine Chance! Das gäbe bloß blaue Flecken, glaub mir. Nein, tanzen, das ist nichts für mich!"

„Schade!", sagt Trudy, schüttelt bedauernd den Kopf und zieht eine Schnute.

Martin beobachtet sie genau. Er könnte sie küssen für diesen neckischen Gesichtsausdruck. Diesmal jedoch würde der Kuss anders ausfallen als der hinter dem Schuppen: reifer, inniger. Denn Martin empfindet deutlich, dass er seither viel erwachsener geworden ist.

Als Ebony ihn bittet, mit ihr zu tanzen, lehnt er ab. „Ich bin noch zu ausgepumpt", lautet seine Ausrede. Denn weshalb sollte er die Partnerin wechseln? Zudem liegt in seinen Augen der Verdacht nahe, Ebony wolle Bray nur eifersüchtig machen oder zumindest seine Aufmerksamkeit erregen, indem sie mit jemand anderem tanzt.

Das Fest nimmt seinen Fortgang. Gegen später trauen sich sogar einige Lehrer auf die Tanzfläche. Belustigt schaut Martin ihnen zu. Einigen von ihnen hätte er den Übermut, den sie an den Tag legen, gar nicht zugetraut. Sein Physiklehrer zum Beispiel, ein verhärmtes Männchen mit Brille und rotem Vollbart, schleudert seine Beine, als wollte er für den Hürdenlauf üben. Auch die stellvertretende Schulleiterin lässt sich nicht lumpen und dreht sich, wenn auch gemessen, am Arm ihres Mannes durch den Saal.

Martin ist bester Laune. Zwar hat er seitens seines Bruders und auch Ebonys einige spitze Bemerkungen über sich ergehen lassen müssen. Schließlich konnte niemandem von ihnen entgehen, dass er während der gesamten Dauer der Party ausschließlich Trudy aufgefordert hat. Doch heute fühlt er sich über solche spöttischen Kommentare erhaben. Sie erhöhen sogar sein Gefühl der Zufriedenheit, das er an Trudys Seite empfindet.

Noch hat sich die Gelegenheit, auf die er sehnlichst wartet, nicht ergeben. Sofort würde er sie beim Schopf ergreifen und Trudy die ganze Tiefe seiner Zuneigung gestehen. Leider ist bisher jedes Mal, wenn er dazu ansetzen wollte, etwas dazwischengekommen. Am hinderlichsten hat sich Bray erwiesen. Da er nicht tanzt, rührt er sich so gut wie nie vom Tisch weg. Ausgerechnet neben ihm hat sich Trudy niedergelassen. Ausgeschlossen, ihr unter den Augen des großen Bruders einen Antrag zu machen.

Doch selbst diese missliche Lage tut Martins Feststimmung keinen Abbruch. Er ist sich allerdings bewusst, dass ihm allmählich die Zeit davonrennt. Es ist bald elf, das Fest wird demnächst zu Ende gehen. Wenn der Schulleiter die Schüler mit seiner Rede in die Ferien entlässt, kann Martin seinen Schwur zumindest nicht mehr auf der Party einlösen. *Egal,* denkt er. *Dann eben nachher*.

Kurz darauf ist es tatsächlich so weit: Der Rektor

betritt die Bühne. Die Band spielt einen Tusch, daraufhin überlassen die Musiker ihm das Podium. Er tritt ans Mikrophon und räuspert sich. Mehrmals.

Doch er beginnt nicht zu sprechen. Es sieht ungelenk und hektisch aus, wie er trotz des Redemanuskripts in seiner Hand sich den Hemdkragen zu lockern versucht. Offenbar bekommt er zu wenig Luft.

„Der ist doch sonst nicht so nervös!", wird Martin von Mike zugeraunt.

Martin achtet nicht darauf. Er hat nur Augen für den sich immer hektischer windenden Schulleiter. Dass etwas nicht stimmt, ist jeder seiner fahrigen Bewegungen zu entnehmen. Jemand aus der Lehrerschaft fragt an, ob er einen Schluck Wasser haben wolle. Doch er antwortet nicht. Krächzend sinkt er auf die Knie, wedelt unkoordiniert mit den Armen, die Notizblätter entfallen ihm und regnen wie große Schneeflocken auf ihn herab. Er sinkt um und röchelt noch einmal auf. Dann strecken sich seine Glieder. Er regt sich nicht mehr.

Im Saal sind angstvolle Schreie zu hören. Niemand scheint zu begreifen, was vorgefallen ist. Martin kommt es so vor, als wäre er der Einzige, der sofort begriffen hat: Der Rektor ist tot.

Im Krankenhaus

Auf Anordnung der stellvertretenden Schulleiterin begleiten außer einem Lehrer auch Bray, sein Bruder und Trudy die Leiche ins städtische Krankenhaus. Die Regierung hat verfügt, dass jeder Tote unverzüglich in ein Krankenhaus gebracht werden muss. An jedem Leichnam wird dann ein Test durchgeführt, der klärt, ob das Virus oder etwas anderes die Todesursache ist. In der überwiegenden Zahl der Fälle ist es das Virus, dem die Menschen zum Opfer fallen.

Am Krankenhauseingang übernehmen zwei Pfleger die Leiche und führen sie auf einer Bahre ins Innere, wo der Test an ihr durchgeführt werden soll. Bray und die anderen gehen ebenfalls hinein, warten jedoch an der Rezeption, um sich für die Klärung der amtlichen Formalitäten zur Verfügung zu halten.

Der plötzliche Tod des Rektors war für alle ein Schock. Bray ist froh gewesen, als sie den Ballsaal endlich verlassen durften. Der Glanz, in dem der festlich geschmückte Raum erstrahlte, stand in einem solchen Widerspruch zu dem tragischen Vorfall, dass Bray der Aufforderung der stellvertretenden Direktorin, sie zu begleiten, gerne gefolgt ist. Der Tisch, an dem er mit den anderen saß, stand dem Podium am nächsten. Das war der einzige Grund, weshalb die Wahl auf sie fiel.

Ist das nicht Mom da hinten? Bray meint sie in einer Menschentraube aus einem der Gänge kommen und in einen anderen verschwinden gesehen zu haben. In aller Eile meldet er sich bei der stellvertretenden Direktorin ab und eilt der Gruppe nach.

„Mom!“, ruft er laut, als er den Pulk vor sich sieht.

Tatsächlich, es ist seine Mutter. Sie bleibt stehen, während die anderen weitergehen, und dreht sich zu ihm um. Ihr Anblick erschüttert ihn. Kein Wunder, dass er sich eben nicht ganz sicher war, ob es sich bei ihr um seine Mutter oder eine Fremde handelte. Ihre Pusteln sind teilweise aufgebrochen, was ihr Gesicht entstellt. Zudem scheint sie nicht mehr gerade stehen zu können. Bray ahnt, wie groß ihre Schmerzen sein müssen, wenn sie dermaßen hinfällig wirkt. Heute Mittag sah sie noch bei weitem besser aus.

Es hat eine ganze Weile gedauert, bis sie nach Brays Entdeckung ihrer Erkrankung schließlich zugab, infiziert zu sein. Bei seinem Vater verhielt es sich anders: Dad klärte die Familie bereits beim ersten Anzeichen über seine Infizierung auf. Doch so wenig wie Mom wollte er der Familie zur Last fallen. So kam es, dass die Krankheit und ihre Konsequenzen möglichst nicht zum Thema gemacht wurden. Niemand konnte ihnen sagen, wie der Verlauf der Erkrankung einzuschätzen sei. Bei jedem lief sie anders ab. Nur die Symptome glichen sich: Am Anfang zeigten sich rote Pusteln, die irgendwann aufbrachen, dann kam es zu Ermüdungszuständen, die immer mehr zunahmen, bis der Tod eintrat.

„Geht es dir nicht gut?", fragt Bray seine Mutter in liebevollem Ton.

Es versetzt ihm einen Stich, mit ansehen zu müssen, dass sie sich zu einem Lächeln zwingt. „Nicht besonders", gesteht sie matt. „Kurz nachdem ihr auf eure Feier gegangen seid, bin ich eingenickt. Das ist mir an einem Nachmittag noch nie passiert. Als ich aufwachte, war alles voller Eiter. Oh, Bray, ich habe Angst, furchtbare Angst!"

Sie schluchzt auf und nimmt die Hände vors Gesicht. Bray tritt zu ihr und umarmt sie. Über ihren Kopf hinweg blickt er hilflos ins Leere.

„Ich bin hier", fährt sie fort, „weil ich hoffe, dass mir die Ärzte etwas geben können." Sie löst sich aus der Umarmung und zeigt auf die sich entfernende Menschengruppe. „Wie du siehst, bin ich nicht die Einzige. Wir sollen zu Raum 334 gehen. Dort werden uns Medikamente gegeben."

„Was für Medikamente?", fragt er. „Haben sie

etwa doch noch ein Gegenmittel gefunden?" In Bray regt sich Hoffnung.

Mom schüttelt gefasst den Kopf. „Nur etwas gegen die Schmerzen. Und ein Aufputschmittel. Das ist alles. Mehr können sie nicht tun, sagen sie."

„Arme Mom!", sagt er und nimmt sie erneut tröstend in den Arm. „Soll ich dich begleiten?"

„Das wäre lieb."

„Na, dann, komm!", fordert er sie ermunternd auf und folgt mit ihr der vielköpfigen Gruppe ihrer Leidensgenossen.

Der Gang durch das Krankenhaus konfrontiert Bray auf eine Weise mit der Wirklichkeit, wie es der Tod des Rektors allein nicht geschafft hat. Überall sieht er vom Virus Befallene, deren Gesichter ihn gruseln. Aus ihren Pusteln läuft Eiter aus, der ihnen die Wangen herab auf die Kleidung tropft. Er will nicht mehr hinsehen, so Grauen erregend ist der Anblick. Viele von ihnen sind so schwach, dass sie sich nicht mehr auf den Beinen halten können. In sich zusammengesunken kauern sie auf dem Fußboden, mit dem Rücken an die Wand gelehnt, um nicht umzufallen. Jeder von ihnen fleht auf seine Art um Hilfe – eine Hilfe, die es für keinen dieser bedauernswerten Geschöpfe gibt. Die meisten scheinen das eingesehen zu haben. Ausdruckslos schauen sie die Vorbeikommenden an und wirken dabei wie versteinert.

Es zerreißt Bray das Herz, dass er nichts gegen diesen unhaltbaren Zustand unternehmen kann. Durch den Atem der vielen Menschen ist die Luft verbraucht und stinkt, denn der widerliche Geruch des Eiters hängt darin. Aber es ist nicht der Eiter allein, der das Atmen selbst für die Gesunden zur Qual macht. Noch nie zuvor hat Bray diesen Geruch in der Nase gehabt, und doch braucht ihm niemand zu sagen, worum es sich dabei handelt. Seine Vorstellungskraft funktioniert gut genug, um ihm klar zu machen, dass Verwesungsgestank in der Luft liegt.

„Ist das Leichengeruch, Mom?", fragt er beklommen.

Seine Mutter nickt trübe. „Sie wissen nicht mehr, wohin mit ihnen. Es sind so viele Tote, dass die Kühlkammern nicht mehr ausreichen. Ein Arzt sagte mir schon vor Tagen, dass Seuchen ausbrechen könnten. Er war dafür, die Leichen zu verbrennen. Aber dazu brauchen sie eine Genehmigung, und die lässt offensichtlich noch immer auf sich warten."

„Das geht doch nicht!", ruft Bray ungehalten aus. „Dagegen muss man doch etwas tun!"

„Sicher, mein Sohn", erwidert Mom. „Aber unsere Regierung ist überfordert, ebenso die Stadtverwaltung. Die sind doch alle ebenfalls infiziert – wenn sie überhaupt noch leben."

Bray kann nur den Kopf schütteln. „Ich verstehe

nicht, wie wir unter diesen Umständen noch eine Weihnachtsfeier veranstalten konnten! Das ist doch Wahnsinn!“

Sie zuckt die Achseln. „Man wollte vor euch Kindern so lange wie möglich den Anschein wahren, dass alles in Ordnung sei. Dieser Traum ist jetzt wohl ausgeträumt. Ich schätze, es gibt keine einzige Familie mehr, in der es keine Infizierten gibt. Es ist aus! Aus und vorbei!“

Sie wird von so heftigem Schluchzen erschüttert, dass Bray sie auf den letzten Metern bis zum Behandlungszimmer stützen muss. Er darf nicht mit hinein. Die Betreuung der Befallenen durch das ebenfalls infizierte Personal spielt sich hinter verschlossenen Türen ab.

Am nächsten Tag ordnet die Regierung eine Anzahl von Maßnahmen an, die verhindern sollen, dass die Zustände vollständig außer Kontrolle geraten. Wie Bray erfährt, umfasst der Maßnahmenkatalog neben vielen anderen Punkten auch die Entfernung der Leichen und ihre Einäscherung in den zuständigen Krematorien. Diejenigen Erwachsenen, die noch am Leben, aber bereits befallen sind, müssen bis auf wenige Ausnahmen die Städte verlassen. Wohin sie gebracht werden sollen, das unterliegt der Geheimhaltung.

Bray kann sich nur inständig wünschen, dass es seinen Eltern an dem Ort, den die verantwortlichen Stellen für sie vorgesehen haben, gut gehen wird. Von Gefühlen ohnmächtiger Trauer zerrissen, vegetiert er in diesen Tagen dahin. Er ist nicht mehr der fröhliche Junge, der er vor dem Ausbruch des Virus war. Die traumatischen Erlebnisse, die er seither hat durchmachen müssen, haben den letzten Rest seiner jugendlicher Unbekümmertheit für alle Zeit zerstört. Bray ist schneller erwachsen geworden, als er jemals gedacht hätte.

Trennung

Beim Blick durch das Fenster seines Zimmers sieht Martin, wie seit den frühesten Morgenstunden Militär in die Häuser eindringt und die Personen auswählt, die abtransportiert werden sollen. Die großen Pritschenwagen stehen in einer langen Reihe bereit, die Infizierten aufzunehmen. Unzählige Wagen haben die Stadt bereits verlassen, wie Martin im Fernsehen verfolgt hat.

Zum Glück markiert die Straße vor seinem elterlichen Haus eine Bezirksgrenze. Zu ihnen werden die Soldaten demnach noch nicht gleich kommen. Dennoch ist es höchste Zeit, sich auf den baldigen Abschied von Mom und Dad vorzubereiten.

Als er das Wohnzimmer betritt, bietet sich ihm derselbe schmerzliche Anblick wie in den Tagen zuvor. Dad sitzt auf einem Stuhl vor dem Sofa, auf dem Mom in eine Decke eingewickelt liegt. Nur ihr Kopf schaut darunter hervor. Wenn Martin nicht wüsste, wer sie ist, er würde sie nicht erkennen. Ihre Wangen sind eingefallen, die Lippen schmal und rissig. Ihr gesamtes Gesicht ist von den Pusteln bedeckt und entstellt, ebenso ihre früher wunderbar zarten Hände.

Auf dem Tisch sieht Martin Lebensmittelpakete aufgestapelt. Die sind für die Reise. Sein Bruder hat das alles organisiert. Martin hat keine Ahnung, wie er es angestellt hat, an diesem Morgen noch all diese Leckerbissen zu ergattern. Am Tag des Ausbruchs begannen die Leute mit dem Hamstern. Jetzt sind die Läden längst leergekauft. Irgendwie hat Bray es geschafft, trotzdem an Obst, an Brot, Gemüse und die Kiste mit Limonade heranzukommen, die er seinen Eltern mitgeben will.

Martin tritt zu seiner Mutter heran und fragt leise, wie es ihr geht.

„Schlecht, sehr schlecht", antwortet Dad an ihrer Stelle und blickt ihn resignierend an. „Ich fürchte, es geht zu Ende mit ihr." Tränen schimmern in seinen Augen.

Martin beugt sich zu ihr herunter, würgt den Ekel hinunter, den er bei ihrem Anblick empfindet, und haucht: „Mom?"

Sie hat die Augen geschlossen gehabt und öffnet sie jetzt langsam. Ihr Blick ist ausdruckslos und scheint nur ganz allmählich wahrnehmen zu können, was um sie herum vorgeht. „Martin", sagt sie, und ihre Stimme ist ein kaum hörbares Krächzen. „Martin, mein Sohn." Daraufhin schließt sie die Augen wieder. Ein Lächeln gleitet über ihr Gesicht, erlischt jedoch rasch.

„Sie hat keine Kraft mehr", sagt Dad betrübt. Es klingt beinahe wie eine Entschuldigung. „Vorher hat sie mir ins Ohr geflüstert, dass ich auf euch aufpassen soll. Ich – auf euch aufpassen!" Mit den Fingerspitzen fährt er sich über sein von Pusteln übersätes Gesicht. „Wie kann ich das nur? Ich fühle mich doch selbst sterbensmatt. Zudem werde ich genauso abtransportiert wie sie. Sie versteht es nicht mehr. Sie versteht es einfach nicht mehr!"

In die Eiterströme, die zäh seine Wangen hinablaufen, mischen sich Tränen. Dad bietet einen erschütternden Anblick. Vor allem diese Mischung aus Tränen und Eiter erfüllt Martin mit Entsetzen. Er hat seinen Vater stets als Kämpfernatur erlebt, als jemanden, der sich nichts bieten lässt und immer den Überblick behält. Die Hinfälligkeit, die Martin jetzt an ihm erkennt, treibt einen Keil zwischen die Person, die sein Vater war, und die, die er in seiner Krankheit ist. Es gelingt Martin nicht, in diesem kranken Menschen seinen Vater wieder zu erkennen. Ihm wird bewusst, dass sein Dad bereits in diesem Moment nicht mehr existiert. Für ihn ist da nur noch dieser Kranke, mit dem ihn genauso wenig verbindet wie mit der sterbenden Frau auf dem Sofa.

Er horcht in sich hinein, kann aber kein Erstaunen über diese Feststellung entdecken. Es ist einfach, wie es ist.

„Ich glaube, die Soldaten kommen bald", sagt

er, um nur überhaupt etwas zu sagen. „Ihr solltet euch fertig machen."

Dad legt ihm schwer die Hand auf die Schulter. Martin zuckt zusammen und entzieht sich ihm. „Du hast Recht, mein Junge. Hilf mir, bitte. Das Aufstehen schaffe ich nicht ohne ..." Er bricht verwirrt ab.

Martin fühlt den begreifenden, staunenden Blick seines Vaters auf sich gerichtet und muss sich zusammennehmen, um ihm standzuhalten. Er kann sich nicht dazu entschließen, diesem Mann zu Hilfe zu kommen. Der Kranke geht ihn nichts an.

„Martin!", wird er ermahnt. Doch er geht hinaus, ohne sich weiter um Dad zu kümmern. „Martin!", hört er die ihm bereits jetzt fremd gewordene Stimme flehen. „Martin, bleib doch! Ohne dich kann ich mich nicht bewegen!"

Martin hat das Fenster geöffnet, damit er die Kommandos der Militärs verfolgen kann. Schon seit einiger Zeit befinden sich die Soldaten auf dieser Seite der Straße und bewegen sich zügig auf das Haus zu. Es kann sich nur noch um Minuten handeln, bis die Kranken aus den Nachbarhäusern gesammelt und auf die Wagen gebracht sind. Dann wird dieses Haus an der Reihe sein.

„Martin!" Brays Stimme klingt so zornig, dass Martin es unterlässt, seinen Lauschposten aufzugeben. Er dreht sich zu seinem Bruder noch nicht einmal um. „Martin!“, fährt der wütend fort. „Was soll das? Was tust du hier oben? Und warum hast du Dad nicht geholfen? Er sagt, du seist einfach abgehauen. Kannst du mir erklären, warum? Er braucht unsere Unterstützung, das weißt du genau!“

Keine Antwort.

„Martin, ich rede mit dir!“

Erst jetzt wendet er sich langsam zu seinem Bruder um. Auch von ihm fühlt er sich entfremdet. Er hasst ihn nicht mehr, wie es früher der Fall war. Nur ist Bray ihm gleichgültig geworden. In dieser Welt ist Martins Meinung nach für solch sentimentale Gefühle wie Bruderliebe kein Platz mehr.

„Was willst du?“, fragt er kalt.

„Na, was wohl? Die Soldaten sind gleich da. Wir müssen Mom und Dad hinausbringen!“

Martin zuckt desinteressiert die Achseln.

„Du musst mir helfen!“, fordert Bray. „Ich kann unmöglich allein damit klarkommen!“

Martin wendet sich wieder um und starrt hinunter auf die Straße. Er sieht, wie ein blutjung aussehender Soldat auf ihren Eingang zugeht. In diesem Moment zerschneidet das Klingeln der Haustürglocke die im Zimmer herrschende Stille. Zugleich fühlt Martin sich von Bray an der Schulter gepackt und herumgerissen.

„Komm jetzt endlich! Sie sind da!“

Erneut zuckt Martin die Achseln. „Wenn du

meinst“, sagt er unbeteiligt. Dann trottet er seinem Bruder, der nach unten stürmt, langsam hinterher.

Bray steht wie angewurzelt vor der weit offenen Wohnzimmertür. Auf der Schwelle kauert Dad und weint hemmungslos. Dieses Bild erblickt Martin, als er unten ankommt. Er hat schon auf der Treppe erfasst, was es zu bedeuten hat.

Martin erkennt, dass seinem Bruder Tränen in den Augen stehen. „Sie ist tot“, sagt Bray tonlos. Dann braust er auf, als wollte er sich gegen das Geschehene auflehnen. „Mom ist tot!“, ruft er und schluchzt.

Das Klingeln an der Tür dauert hartnäckig an. „Wenn Sie nicht öffnen, muss ich die Tür aufbrechen!“, wird nun eine Stimme von draußen hörbar.

„Mach auf!“, verlangt Bray mit heißerer Stimme. „Mach doch endlich auf, verdammt!“

Selbst das Naheliegendste scheint Martin nichts anzugehen und seltsam weit weg von ihm zu geschehen. Mechanisch geht er zur Tür und öffnet sie. Als er den Soldaten vor sich stehen sieht, muss er erst überlegen, was der Uniformierte mit dem Kindergesicht von ihm will.

„Bert und Hilda Buckmiller“, liest der Soldat von seiner Liste ab. „Sie können dieser Bert nicht sein. Hier steht, er ist zweiundvierzig. Hilda Buckmiller … warten Sie … vierzig. Ich bin hier, um sie abzuholen. Leben sie noch?"

Der emotionslose, geschäftsmäßige Ton des Soldaten macht Eindruck auf Martin. Er nickt und macht ihm den Weg frei. Der Soldat tritt ein, blickt sich kurz suchend um und entdeckt die zwei auf der Wohnzimmerschwelle. Er geht zu den beiden hin, bückt sich hinunter und erkundigt sich:

„Sind Sie Bert Buckmiller?"

Brays Vater nickt.

„Und wo ist Ihre Frau?"

Bray erhebt sich und führt den Soldaten ins Zimmer. Nach kurzer Zeit kommen sie wieder.

„Können Sie gehen?", will der Soldat von dem Kranken wissen, der mit einem müden Kopfschütteln antwortet. „Dann helfen Sie mir", wird Bray aufgefordert. „Tragen wir ihn hinaus."

Martin steht dabei und sieht zu, wie sie zu zweit beinahe mühelos den abgemagerten Körper des Kranken aufrichten und nach draußen führen.

„Ich schicke Ihnen jemand", sagt der Soldat, als er an Martin vorbeikommt, „der die Leiche ihrer Mutter abholt."

„Ist gut", antwortet Martin und folgt ihnen durch die Tür.

Unter Mithilfe eines weiteren Soldaten befördern sie den Mann, der Martins Vater war, auf die Bänke, die auf der Pritsche des Wagens befestigt sind. Es ist nicht mehr viel Platz vorhanden, doch der Kranke nimmt wenig Raum ein. Die Ladeluke surrt nach oben, verklinkt sich in den Halterungen, und der Lastwagen fährt ein Haus weiter. Bray schaut ihm weinend nach.

Martin findet kein Gefühl in sich, das ihm eine Regung entlocken würde. Undeutlich schwant ihm, dass er jetzt wohl auch weinen müsste, wie Bray. Aber wenn da etwas in ihm ist, das ihn zu Tränen rühren könnte, dann kann es nichts mit der neuen Person zu tun haben, als die er sich fühlt. Er spürt plötzlich eine innere Kraft, die alles andere überdeckt.

Das äußere Geschehen registriert er allerdings haargenau. Er sieht seinen Bruder dastehen und weinen. Er sieht den Lastwagen an sich vorbeifahren. Er sieht, wie von der Pritsche herab ein körperlich und seelisch gebrochener Mensch seine abgemagerten Arme zu ihm ausstreckt und in flehendem Ton Martins Namen ruft.

Doch Martin reagiert nicht. Sein Vater ist nicht mehr sein Vater, seine Mutter nicht mehr seine Mutter. Mit Bray hat er nichts mehr zu schaffen. Ab sofort ist Martin auch nicht mehr Martin. Er hat beschlossen, sich von dieser Sekunde an *Zoot* zu nennen. Die Rolle als kleiner, unbedeutender Bruder hat er hinter sich gelassen. Von nun an will er ganz groß auftrumpfen – als *Zoot*!

Entfremdung

Verzweifelt wandert Bray durch die Stadt. Der Verlust seiner Eltern hat eine tiefe Wunde hinterlassen, die ihn mehr schmerzt als alles, was er in seinem bisherigen Leben hat erleiden müssen. Seine mutigen Versuche, sich in den Tagen zuvor dem grauenvollen Gedanken an den Abtransport seiner Eltern zu stellen, sind allesamt kläglich gescheitert. Die Wucht, mit der die Wirklichkeit über ihn hereingebrochen ist, hat er nicht vorhersehen können. Übermächtig kommt ihm die Trauer vor, die er jetzt empfindet.

Irgendwie muss er sich damit abfinden, dass er keine Mutter mehr hat. Mom ist tot. Nicht einmal richtig verabschieden hat er sich von ihr können. Das ist trostlos und tut verdammt weh. Auch Dad ist ihm im letzten Moment viel zu schnell von der Seite gerissen worden. Wie man damit umgehen kann, ist Bray schleierhaft. Doch spürt er mit jeder Faser seines Körpers, wie schmerzhaft es ist, ohne Eltern auf der Welt sein zu müssen.

Er kann den Schmerz nicht mehr aushalten und versucht sich abzulenken, indem er einen Blick auf das Straßenleben wirft, das vor ihm abläuft. Früher ist ihm beim Anblick von Kindern stets das Herz aufgegangen. Das ist nun nicht mehr möglich, wahrscheinlich für sehr, sehr lange Zeit. Die Kinder, die er jetzt sieht, sind allesamt auf Raub aus. Bray begreift, dass vor seinen Augen eine neue Plünderungswelle abläuft.

Er fragt sich, ob er dazwischengehen soll. Eine Horde von vielleicht zehn Kids ist gerade dabei, am Stadttheater die untere Fensterreihe einzuschlagen. Möglicherweise können sie im Theater noch etwas Brauchbares finden. Aufführungen finden jedenfalls bestimmt keine mehr statt. *Sollen sie doch!,* denkt er genervt und wendet sich ab. *Sollen sie doch klauen, was sie finden können! Viel ist es sowieso nicht mehr!*

Es hat ihn heute Morgen die größte Mühe gekostet, für seine Eltern die Lebensmittel zu finden, die er ihnen auf den Transport mitgeben wollte. Ihm fällt plötzlich ein, dass die Tüten und Kisten noch zu Hause im Wohnzimmer stehen müssen. Er hat vergessen, sie Dad mitzugeben. Jetzt können er und Martin sie sich teilen.

Bray fragt sich, wie das Leben mit seinem Bruder, ohne Eltern, werden wird. Wenn Martin sich weiterhin so aufführt wie heute Morgen, wird alles noch problematischer, als es ohnehin schon ist.

Bedrückt macht er sich auf den Weg zurück. Er

fürchtet sich schon jetzt vor der Leere, die im Haus auf ihn wartet. Er fühlt sich allein und hoffnungslos deprimiert.

Im Wohnzimmer trifft er auf Martin, der gerade eine Kiwi auslöffelt. Auf den ersten Blick kann Bray erkennen, dass nicht mehr viel von den Lebensmitteln übrig geblieben ist. Er ist zwar sehr verärgert; was ihn aber noch härter trifft, ist die Gleichgültigkeit, die sein Bruder allem Anschein nach an den Tag legt.

„Wie kannst du jetzt nur essen?“, wirft Bray ihm vor. „Bist du Frank, oder was? Mom ist gestorben, Dad ist weg. Macht dir das denn gar nichts aus?“

Unbeeindruckt schält sich Martin einen weiteren Löffel Fruchtfleisch aus der Kiwi. „Ich bin nicht Frank“, sagt er daraufhin und mustert Bray kalt. „Ich bin auch nicht dein Bruder Martin. Mein Name ist Zoot. Merk dir das!“ Er schluckt das Stück hinunter und leckt genüsslich den Löffel ab.

Etwas liegt in seiner Stimme, das Bray aufhorchen lässt: eine Kälte, die er von seinem Bruder niemals erwartet hätte. Er beäugt ihn besorgt. Martins Gleichgültigkeit jagt ihm Angst ein.

„Zoot?“, versucht er sich zu vergewissern. „Wieso dieser Name? Klingt ziemlich pfauenhaft. Ungefähr so wie deine Rückhand beim Tennis. Oder wie dein Finish beim Golf. Oder wie beim Basketball deine Linienwürfe. Aber du triffst zu

selten. Leider! Ich glaube nicht, dass der Name *Zoot* zu dir passt, Martin." Bray betont den eigentlichen Namen seines Bruders überdeutlich.

Martin steht vom Esstisch auf, wirft die Kiwi und seinen Löffel auf den Tisch und baut sich vor Bray auf.

„Zoot!", korrigiert er. „Hörst du: Mein Name ist Zoot!"

Bray fixiert ihn, sucht in seiner Miene zu lesen, was das alles zu bedeuten hat. Was er sieht, ist nichts als Abwehr, Wut und Kälte. Es beschleicht ihn ein Gefühl beinahe väterlicher Verantwortung für seinen ganz offensichtlich aus der Bahn geratenen Bruder. „Zoot – in Ordnung. Warum nicht?", bemüht er sich, die Aggressivität aus dem Gespräch zu nehmen. „Also: Weißt du, Zoot, wo sie Mom hingebracht haben? Ich finde, wir sollten zu ihr gehen ..."

„Geh meinetwegen du, ich nicht!"

Die ignorante Haltung seines Bruders schmerzt Bray. „Martin – ich meine: Zoot –, ich verstehe ja, dass du am Durchdrehen bist. Mir geht es nicht viel anders. Was passiert ist, haut einen um. Aber wir müssen ..."

„Spar dir deine pädagogischen Ratschläge!", herrscht Martin ihn an. „Ich brauche sie nicht! Die Alten sind abgestorben, das ist ganz natürlich. Auch wenn dein Vater noch lebt – in meinen Augen ist er weg! Kein Gedanke mehr an ihn! Es geht nur noch darum, wer in der Gegenwart überlebt. Wenn du in dieser Situation mit Gefühlsduseleien kommen willst, ist das deine Sache. Ich habe damit abgeschlossen. Ich bin Zoot!"

Bray muss lange überlegen, bevor er den kaltherzigen Aussagen seines Bruders etwas entgegensetzen kann. „Zoot also", sagt er. „Okay. Wie du meinst. Aber dass Dad am Leben ist, weißt du so gut wie ich. Der lässt sich nicht unterkriegen! Wenn jemand das durchsteht, dann er!" Er denkt weiter darüber nach, wie er Martin vor Augen führen kann, dass der unter der Belastung der Geschehnisse einzuknicken und geradezu seine vertraute Persönlichkeit aufzugeben droht.

„Blödsinn!", erwidert Martin bitter.

„Doch, bestimmt!"

Bray hat es gut gemeint, doch er sieht sich von Martin ignoriert.

„Du hast den Geist der neuen Zeit noch nicht erfasst", sagt Martin, und dabei knurrt er beinahe. „Mom ist tot, und irgendwie tut mir das weh. Sie haben Dad weggekarrt – das ist nicht schön. Aber es war klar, dass es so kommen würde. Also – was soll's? So ist es eben! Du kannst machen, was du willst. Ich jedenfalls werde in diesem beschissenen Chaos herausfinden, wer ich wirklich bin!"

Mit diesen Worten stürmt er hinaus.

Bray sitzt lange in sich gekehrt da. Die Kaltherzigkeit, mit der sein Bruder über ihre Eltern gesprochen hat, verstört ihn. Sicherlich hat Martin Recht, wenn er darauf verweist, dass sich durch Moms Tod und Dads Abtransport die Dinge geändert haben. Aber die schrecklichen Geschehnisse haben seinen Bruder völlig von ihm entfremdet. Das hat Bray so drastisch nicht erwartet. Der Verlust der Eltern ist schon schlimm genug. Nun scheint er auch noch den Bruder verloren zu haben, wenn auch auf eine Weise, die Raum für Hoffnung lässt.

Zoot und Trudy

„Trudy!“

Zoot ist ihr in die Arme gelaufen, als er nach dem Streit mit Bray aus dem Haus stürmte. Er freut sich sehr, sie zu sehen. Ihr Anblick verjagt im Nu die trüben Gedanken, mit denen er sich gequält hat.

„Martin!“, begrüßt sie ihn und lächelt ihn trotz ihrer traurigen Miene an.

„Nenne mich nicht mehr so, bitte! Ich habe diesen Namen abgelegt. Jetzt heiße ich *Zoot*!“

„Klingt nicht schlecht“, findet sie und prüft die neue Bezeichnung, indem sie sie mehrmals laut ausspricht. „Ziemlich schmissig. Meinst du, der Name passt zu dir?“

„Das wirst du schon sehen! Ich habe eine Idee: Ich beweise dir sofort, dass er sehr wohl zu mir passt! Du scheinst nicht gerade in Hochstimmung zu sein. Lass mich dich aufmuntern, ja? Ziehen wir durch die Stadt und machen Unsinn! Was hältst du davon? Seit die Alten weg sind, haben wir Narrenfreiheit!“

Trudy seufzt. „Meine Eltern haben sie auch schon abgeholt. Ab heute sind wir allein auf der

Welt. Ich habe so eine Vorahnung, dass keiner von uns die Eltern je wieder sehen wird. Ist das nicht furchtbar?"

„Ja, sicher", erwidert er leichthin und teilt ihr in knappen Worten mit, was mit seinen Eltern geschehen ist.

„Tut mir Leid, Martin." Sie verbessert sich: „... Zoot. Aber auf die Weise hat deine Mutter wenigstens den Abtransport nicht mehr erleben müssen. Das ist doch immerhin tröstlich, oder?"

„Ja, sicher", wiederholt er.

Eine Weile gehen sie schweigend nebeneinander her. Dann verscheucht er die Trübsal, die in ihm wiederzukehren droht, fasst Trudy an der Hand und rennt plötzlich los. „Komm!", ruft er mit überschäumender Unternehmungslust. „Erobern wir die Stadt!"

Trudy kommt kaum hinterher. Doch fühlt sie sich von seiner ausgelassenen Stimmung angesteckt und ist ihm dankbar, dass er sie auf andere Gedanken bringt.

Ein einziger Stand in der Markthalle ist den Plünderungen nicht zum Opfer gefallen, alle anderen sind bis aufs Letzte ausgeraubt. Die Türen zur Halle sind allesamt aufgebrochen, sodass Zoot und Trudy ohne Schwierigkeiten eindringen konnten. Sie haben es auf das Obst und Gemüse abgesehen, das der unbehelligt gebliebene Stand laut des Schildes auf dem Dach in seinem Innern verspricht. Das Problem ist nur, dass ihn eine Stahltür verschließt.

Während Trudy in den Trümmern der anderen Hallenstände herumstöbert, ist Zoot in der Geschäftsstraße auf der Suche nach einem Stemmeisen. Nach kurzer Zeit hat er in einem Hinterhof eines gefunden. Er ist so aufgewühlt von den Reizen seiner neuen Existenz als Zoot, dass er vor lauter Übermut den Rückweg rennend zurücklegt. In der Halle angekommen, sieht er auf den ersten Blick, wie notwendig es war, zu rennen: Trudy steht einer Bande von Zehnjährigen gegenüber, die sie mit Baseballschlägern bedrohen.

Ohne zu überlegen springt Zoot dazwischen und lässt das schwere Stemmeisen vor sich kreisen. „Haut ab!", ruft er den Kids zu. „Haut bloß ab, sonst schlage ich euch zu Brei!"

Er trifft einen der Kids, und sofort heulen alle drauflos, als ob er nicht nur den einen erwischt hätte. Dieser eine reibt sich stöhnend den Unterarm und schleicht sich hinaus. Von Zoot und dem hinter ihnen her geschwungenen Stemmeisen getrieben, folgen die anderen fluchend und in angstvolle Schreie ausbrechend nach. Keine halbe Minute hat der Spuk gedauert. Trudy und Zoot sind wieder allein in der Halle.

Trudy nickt Zoot, als er zu ihr kommt, bewundernd zu. „Denen hast du es aber gegeben! Das war Rettung in letzter Sekunde! Danke! Ich habe diese Melone gefunden." Sie tritt zur Seite und gibt den Blick frei auf eine erfreulich große Wassermelone. „Nur wegen der gingen die Kids auf mich los! Die wollten mir die Melone abjagen! Ist das zu glauben?"

Zoot zuckt die Achseln. „Beruhige dich, jetzt sind sie ja weg."

„Das hast du wirklich großartig hingekriegt!" Sie beugt sich zu ihm und küsst ihn auf die Wange. „Nochmals: danke, großer Zoot!"

Ihr offenes, strahlendes Lächeln beglückt ihn beinahe noch mehr als der Kuss. Die Bezeichnung *großer Zoot* schmeichelt ihm so sehr, dass er nun sicher ist, auf dem richtigen Weg zu sein. Um sich die Verlegenheit nicht anmerken zu lassen, die ihr Lob bewirkt hat, wendet er sich der Stahltür zu und setzt das Stemmeisen an.

Keuchend vor Anstrengung flucht er mehrmals, doch dann hebt er sie mit Trudys Hilfe aus den Angeln. Laut krachend stürzt sie auf den Steinboden der Halle.

Was sie nun erblicken, lässt ihre Herzen höher schlagen: Essen in Hülle und Fülle! Die ganze Palette von Obst und Gemüse ist vorhanden. Sie schwelgen darin wie in einem Schlaraffenland. Daraufhin packen sie das Beste von allem in herumliegende Säcke und beratschlagen, was sie als Nächstes tun wollen.

„Nach Hause zu Bray will ich jedenfalls nicht!“, meint Zoot entschieden. „Ich will ganz von vorne anfangen, irgendetwas Neues machen …“

„Ich wäre zu Hause ganz allein“, unterbricht ihn Trudy. „Das würde mich gruseln. Wir müssen uns also etwas suchen, wo wir die Nacht verbringen können. Hast du eine Idee?“

Zoot überlegt. „In der Stadt ist es gefährlich“, gibt er zu bedenken. „Vielleicht ist es auf dem Land besser. Was hältst du davon, wenn wir uns auf irgendeine Farm in der näheren Umgebung durchschlagen? Ich schätze, dort finden wir auch leichter etwas zu essen als hier. Von dort kommen all diese Köstlichkeiten ja schließlich her!“

„Stimmt“, gibt sie zu. „So ein Glück wie heute haben wir hier wahrscheinlich nicht mehr. Was hält uns hier? Gar nichts! Für eine Weile können wir unser Glück auf dem Land versuchen. Ich bin dabei!“

Zum Glück sind die U-Bahnen noch in Betrieb. Sie nehmen eine, die aus der Stadt hinausführt. Von dort aus geht es auf Fahrrädern weiter, die zu Dutzenden an der Station abgestellt sind und keine Besitzer mehr haben. Mit dem Stemmeisen, das Zoot als Waffe mitgenommen hat, ist es leicht, die Verschlüsse der Räder zu knacken.

Seit er Zoot ist, scheint ihm ohnehin alles leicht von der Hand zu gehen. Er lebt richtiggehend auf und genießt das Gefühl seiner neuen Freiheit in vollen Zügen. Es kommt ihm selbstverständlich vor, dass die erste Farm, auf die sie stoßen, unbewohnt und wie für sie beide gemacht ist. Sie beschließen, sich hier häuslich einzurichten.

Am Abend sitzen sie am Esstisch des kleinen, aber modern ausgestatteten Farmhauses und machen sich über die Wassermelone her. Zoot wagt sogar, Trudy spielerisch zu füttern. Dabei kommen sie sich näher. Es entsteht ein romantischer Moment, und Zoot kann an ihren Augen ablesen, dass sie dasselbe empfindet wie er. Er fragt sie, ob sie mit ihm schlafen will. Sie küsst ihn und zieht ihn in eines der Zimmer, wo sie die Nacht miteinander verbringen.

Bray und Ebony

In der Stadt spitzt sich die Lage nach dem Abtransport der überwiegenden Zahl der Erwachsenen immer mehr zu. Jugendliche ziehen in Banden durch die Straßen und verwüsten wahllos Läden, Banken, Cafés und sonstige Örtlichkeiten. Bray kann nur den Kopf schütteln über die Gewalt, die sie an den Tag legen. Was sie tun, ist vollkommen sinnlos. Sie toben sich aus, um die Aussichtslosigkeit der Situation, der sie ausgesetzt sind, nicht in ihrer ganzen, dramatischen Deutlichkeit empfinden zu müssen.

Ebony begleitet Bray auf seinen Streifzügen durch die zerstörten Straßen. Auch sie versteht die Jugendlichen zwar, billigt ihre Handlungsweise jedoch genauso wenig wie er. Machtlos müssen die beiden ein ums andere Mal zusehen, wie Schaufensterscheiben eingeworfen und Läden geplündert werden.

Am schwierigsten ist, etwas Essbares zu finden, denn die Läden sind leer geräumt. Mit Bewunderung muss Ebony anerkennen, wie einfallsreich Bray ist. Mit Dads Auto fahren die beiden auf Brays Vorschlag hin zu einem Schlachthof, der so abgelegen und klein ist, dass nur wenige ihn kennen dürften. Tatsächlich haben sie Glück: Als sie ankommen, können sie zu ihrer Freude feststellen, dass die Kühlhalle noch nicht ausgeräumt ist. Sie hängt mit Rinder- und Schweinehälften voll, die Stück für Stück von den beiden zum Wagen geschleppt werden, bis nichts mehr hineingeht.

Brays Mom hat eine große Kühltruhe, in der sie das Fleisch lagern. Ebony hat beschlossen, nicht im Häuschen ihrer Eltern, sondern bei Bray zu wohnen. Hier ist es schöner als bei ihr zu Hause. Brays Eltern waren wohlhabend, das sieht sie jedem Stück der Einrichtung an. Schon bei der Party, als sie zum ersten Mal hier war, hat ihr das Haus mit seinen Möbeln und dem weitläufigen Garten sehr gefallen. Da Bray nichts dagegen eingewendet hat, als sie mit einer Pappkiste ankam und Martins Zimmer bezog, bewohnen sie das Haus seither gemeinsam.

Doch von Fleisch allein will Bray sich nicht ernähren. Deshalb ermuntert er Ebony zu einem weiteren Unternehmen. Er kennt im Wald vor der Stadt eine Mühle, in der er Mehl zu finden hofft. Ebony, die sich in der Stadt und ihrer Umgebung noch nicht gut auskennt, lässt sich von ihm zur Fahrt dorthin gerne überreden. Diesmal jedoch haben sie kein Glück: Das Gebäude ist abgebrannt. Enttäuscht kehren sie in ihr Haus zurück.

„Wir brauchen aber Lebensmittel!“, ärgert sich Bray am selben Abend.

„Natürlich!“, bestätigt Ebony. „Mehl, Reis – und vor allem frische Sachen. Ach, ich gäbe sonst was für eine Tomate oder eine Paprika oder eine Papaya!“

„Hör auf, hör auf!“, sagt er lachend. „Mir läuft das Wasser im Mund zusammen! Was meinst du“, fügt er nachdenklich hinzu, „ob wir doch noch einen Laden finden, der verschont geblieben ist?“

Sie zuckt die Achseln und legt das Buch weg, in dem sie gelesen hat. „Versuchen können wir's ja. Wir haben sowieso nichts zu tun.“

„Dann lass uns gehen!“, ruft er unternehmungslustig aus und greift sich seine braune Lederjacke.

Sie steht ebenfalls auf, schlüpft in das rote Jackett ihrer Schuluniform und folgt ihm.

Obwohl nicht absehbar ist, wie sie an neuen Sprit kommen können, wenn der Tank leer gefahren sein wird, nehmen sie das Auto. Beim Durchfahren der heruntergekommenen Straßenzüge überkommt beide das Grausen. Nirgendwo gibt es mehr das quirlige Leben, das die Innenstadt früher ausgezeichnet hat. Fast jedes Haus ist mehr oder weniger beschädigt. An mehreren Orten brennt es, ohne dass jemand auf die Idee käme, die Brände zu löschen.

„Hier finden wir nie etwas", beginnt Ebony zu nörgeln.

Bray ist derselben Ansicht, nur will er noch nicht aufgeben. „Am besten, wir stellen den Wagen irgendwo unter und versuchen es zu Fuß", entscheidet er und späht nach einer Garage oder einer anderen Stelle, die dem Wagen Schutz bieten kann.

Nach einer Weile hat er gefunden, was er sucht. Der Busbahnhof liegt verwaist vor ihnen. In der dortigen Werkstatt stellt er den Wagen zwischen zwei Bussen ab. Hier ist er einigermaßen sicher. Sie schließen ab und wollen sich auf den Weg machen. Da fällt Bray ihr Benzinproblem ein.

„Ebony", sagt er in fieberhafter Erregung, „hier muss es doch irgendwo Sprit geben!"

„Klar!", ruft sie begeistert. „Suchen wir danach!"

Sie trennen sich, um schneller zum Ziel zu kommen. Nach wenigen Minuten ruft Bray sie zu sich. Er hat mehrere riesige Tanks entdeckt und beklopft deren stählerne Haut, um sie auf ihren Inhalt zu überprüfen.

„Die sind alle voll! Das reicht für Jahre!", verkündet er entzückt.

„Das Problem ist nur, dass auch andere auf die

Idee kommen werden, hier danach zu suchen“, wendet sie ein.

„Ja, sicher. Füllen wir erst einmal so viel ab, wie wir mitnehmen können. Irgendwo muss es hier Eimer oder so etwas geben!“

Erneut durchforsten sie die Hallen. In einer Art Portiershaus am Rand der Anlage trifft Bray auf zwei völlig verschmutzte Kinder, die sich bei seinem Eintritt unter dem Tisch verkrochen haben.

„Wer seid ihr denn?“, fragt er in zutraulichem Ton, denn den beiden steht der Schreck, entdeckt worden zu sein, ins Gesicht geschrieben.

Langsam trauen sie sich hervor – ein Mädchen und ein Junge. Bray schätzt sie auf etwa zehn Jahre, wobei ihm das Mädchen vielleicht ein wenig älter vorkommt.

Es stellt sich heraus, dass sie Geschwister sind. Kim, das Mädchen, ist tatsächlich ein Jahr älter als ihr zehnjähriger Bruder Kevin. Seit ihre Eltern weggebracht worden sind, haben sie so gut wie nichts mehr gegessen. Sie tun Bray so sehr Leid, dass er beschließt, sie unter seine Fittiche zu nehmen. Sein Hinweis, dass sie bei ihm zu Hause jede Menge Fleisch erwartet, lässt ihre anfängliche Scheu dahinschmelzen. Sie begleiten ihn.

Ebony hat keine Einwände, die Kleinen zu beherbergen. Die beiden helfen mit, Gefäße für das Benzin aufzutreiben. Nachdem sie es umgefüllt und den Wagen damit randvoll gefüllt haben, fährt Bray seine kleine Familie nach Hause.

Um frische Lebensmittel wollen sie sich morgen kümmern. Heute gibt es erst einmal einen Festtagsbraten und zwar vom Grill!

Zoots Pläne

In einem der Schuppen des Bauernhofs hat Zoot eine Art Fliegerjacke gefunden, schwarz, aus dickem Leder. Ohne Umschweife nimmt er sie für sich in Besitz. Sie passt ihm ausgezeichnet. Die Mütze, die am selben Haken hängt, beäugt er zunächst kritisch. Es handelt sich um eine Polizeimütze, aber da sie ebenfalls schwarz ist, ergänzt sie die Jacke hervorragend. Nach kurzem Zögern probiert Zoot sie an. Auch sie passt. Mit der dunkelglasigen Brille in der schwarzen Lederfassung, die unter der Mütze hängt, weiß er nichts anzufangen. Mehr zum Scherz zieht er jedoch auch sie an. Als er in den Spiegel blickt, der an einer der Wände hängt, pfeift er amüsiert durch die Zähne. Ihm gefällt, was er sieht. Die Kleidung, die ihn bei den von ihm geplanten Unternehmungen vor allen anderen auszeichnen wird, ist gefunden.

Als Trudy ihn in diesem Aufzug sieht, muss sie unwillkürlich lachen. Zornig verbietet er es ihr. Sie wohnen schon seit mehreren Wochen auf der Farm; daher weiß er ganz genau, was er sich von Trudy bieten lassen darf und was nicht. Obwohl er sie in seine Pläne noch nicht eingeweiht hat, will er ihr von vornherein klarmachen, dass er sie nicht verspottet sehen will. Seine Uniform gehört auch zu diesen Plänen. Er kann nicht dulden, dass sie darüber lacht.

„Hör jetzt auf!", gebietet er. „Du hast deinen Spaß gehabt, jetzt ist es genug. Diese Klamotten sind ein wichtiger Bestandteil des Vorhabens, über das ich mit dir sprechen muss. Denn es betrifft auch dich!"

Ihr ist anzusehen, dass er sie neugierig gemacht hat. Ihr Lachen ist einem fragenden Gesichtsausdruck gewichen. „Welches Vorhaben?", will sie wissen. „Und was habe ich damit zu tun?"

„Während du dich hier eingerichtet hast, bin ich von Farm zu Farm gefahren. Ich habe dir gesagt, ich wollte mich bloß umsehen. Das war aber nur die halbe Wahrheit ..."

„Dass ich es uns hier gemütlich gemacht habe, war doch nicht falsch!", regt sie sich auf. „Ich habe geschuftet von morgens bis abends, und ..."

„Ist ja schon gut", wehrt er ab. Er muss zugeben, dass sie sich große Mühe gegeben hat, eine eheähnliche Häuslichkeit für sie beide zu schaffen. Doch damit hat sie ihn mehr eingeengt, als sie ahnen kann. „Komm wieder runter! Mir ist klar, dass du mehr Dank von mir erwartest, als ich dir gegeben habe. Aber ich hatte meine Gründe!"

„Gründe? Welche Gründe?"

„Also, hör zu“, setzt er an und nimmt ihr gegenüber am Küchentisch Platz. Er fixiert sie mit den Augen, um zu prüfen, wie weit er sie in seine Pläne einweihen kann. „Auf den anderen Farmen“, sagt er langsam, „habe ich nicht nur nach Dingen gesucht, die wir hier brauchen können. Teilweise wohnen Leute da, junge Leute wie wir.“

„Ja, und?“

„Mit einigen von ihnen habe ich mich unterhalten ...“ Er macht eine Pause, dann gibt er sich einen Ruck: „Sie sind bereit, mir zu folgen.“

„Dir folgen? Wohin?“, fragt sie arglos.

„In die Stadt.“

Sie braucht eine Weile, bis sie die Bedeutung dieses Wortes verdaut hat. „Wieso in die Stadt?“ Ihre Stirn runzelt sich. „Wir haben hier doch alles, was wir brauchen! Du hast die Radiomeldungen doch auch gehört. In der Stadt herrscht Chaos!“

„Genau“, nickt er. „Und das will ich ausnützen!“

„Wie denn? Ich verstehe nicht ...“

„Dann lass es mich dir erklären. Im Grunde ist es ganz einfach: Als Erstes brauche ich Anhänger. Die suche ich mir unter denen, die hier draußen wohnen. Es gibt unter ihnen jede Menge, die das Landleben satt haben. Genauso satt wie ich!“

„Aber, Zoot, was ...?“

„Unterbrich mich nicht!“, befiehlt er schroff. „Warte nur, du wirst mich sofort begreifen. Das Einzige, was wir hier haben, ist Ruhe. Damit kann ich mich aber nicht zufrieden geben. Und du auch nicht, wenn du ehrlich bist!"

„Doch, natürlich! Ich ..."

„Sollen wir hier versauern?", fällt er ihr ins Wort. „Willst du allen Ernstes hier bleiben, für den Rest deiner Tage? Schwachsinn!" Er lacht spöttisch auf. „Ich bin jung. Ich will etwas machen aus meinem Leben. Und meine Anhänger werden mir dabei helfen!"

„Zoot, bitte, jetzt ..."

„Warte! Wenn ich genügend beisammen habe – so hundert, hundertfünfzig vielleicht –, dann stürmen wir die Stadt und bringen sie in unsere Gewalt!"

Völlig sprachlos blickt sie ihn an. „Bist du verrückt geworden?", murmelt sie dann fassungslos.

„Wieso? Es ist doch kinderleicht! Stimmt, es herrscht Chaos in der Stadt. Was heißt das? Überleg doch mal: Die Stromversorgung kann nicht mehr aufrechterhalten werden. Bis aufs Radio sind die Medien zusammengebrochen. Die Leute von der Regierung sind genauso alle gestorben wie die von der Stadtverwaltung. Das ist doch *die* Chance! Wir müssen nur die wichtigen Positionen besetzen, dann haben wir die Macht über die Stadt!" Er merkt, wie er sich in Fahrt redet, und es macht ihm großen Spaß, ihr sein Vorhaben haarklein auseinander zu setzen. „Chaos und Macht – das ist wie die zwei Seiten einer Medaille. Das

Chaos ist unser bester Verbündeter. Wenn wir das Chaos für unsere Zwecke ausnutzen, gehört die Stadt uns. Ich bin dann so eine Art Bürgermeister, der den Leuten sagt, was sie zu tun und zu lassen haben. Und vielleicht kann ich meine Macht so ausbauen, dass ich das ganze Land in meine Gewalt bekomme. Es ist sogar möglich, dass dann die ganze Welt mir gehört!“

Sie schüttelt missbilligend den Kopf. „Hör auf damit, Zoot! Verschone mich mit diesem Unsinn. Ich traue dir viel zu, das kannst du mir glauben. Seit dem Virus bist du anders geworden, und das hat mir gefallen. Aber Weltherrscher? Also, ich weiß nicht, ist das nicht eine Nummer zu groß?“

„Wieso denn? Es gibt keine Erwachsenen mehr. Also müssen wir Jungen in die Bresche springen. Irgendjemand muss die Zügel in die Hand nehmen! Warum sollte nicht ich derjenige sein? Das Zeug dazu habe ich – unter Garantie!“

„Vielleicht ...“, stammelt sie.

Er sieht ihr an, dass sie vor allem seine letzte Bemerkung nachdenklich gestimmt hat.

„Zoot, ich muss dir auch etwas sagen, etwas sehr Wichtiges“, sagt sie nach einer Weile.

„Später“, meint er. „Jetzt muss ich los, neue Anhänger finden. Du bist also dabei, ja?“

Zu seiner Verwunderung hat sie plötzlich Tränen in den Augen. Doch er hat jetzt keine Zeit, sie zu trösten, und schüttelt nur unwillig den Kopf. „Das wird schon nicht so schlimm werden“, sagt er sanft. „Wenn ich wieder da bin, wirst du sehen, wie viele Leute ich schon beisammen habe. Noch ein paar mehr, und wir können losbrechen! Also, bis bald!“

Er verlässt sie und zieht mit dem Fahrrad aus, um seine Mission voranzubringen.

Schwanger

Trudy macht einen völlig aufgelösten Eindruck, als sie in Brays Haus auftaucht. Bray ist mehr als überrascht, sie hier zu sehen. Seit Wochen hat er nichts mehr von ihr gehört. Da sein Bruder zeitgleich mit ihr verschwunden ist, hat Bray angenommen, sie seien zusammen. Jetzt aber steht sie vor der Tür und weint.

„Komm rein“, sagt er einfach. „Erzähl, was geschehen ist.“

„Danke, Bray!“, schluchzt sie und trottet ins Innere. Am Esszimmertisch lässt sie sich in einen Stuhl plumpsen, verbirgt ihr Gesicht in den Händen und weint hemmungslos.

Bray lässt sie erst einmal gewähren. Er geht in die Küche und macht Tee. Sie hat Glück gehabt, ihn anzutreffen. Normalerweise ist er um diese Zeit mit Ebony und den beiden Kleinen draußen in den Vorgärten, um Nahrung zu suchen. Heute hat er sie jedoch allein losgeschickt. Von Benny, seinem ehemaligen Basketballmitspieler, hat er erfahren, dass es in einem Magazin in der Stadt Mehl gibt. Davon sollen die anderen etwas beschaffen. Er ist nicht mitgegangen, da er sich etwas Ruhe gönnen will. Die letzten Wochen haben ihn viel Kraft gekostet.

Als er mit dem dampfenden Tee zu Trudy zurückkehrt, hat sie sich etwas beruhigt. Trotzdem sieht sie furchtbar aus. Ihr einstmals glänzendes Haar ist zerzaust und splissig, von Make-up keine Spur, ihr Gesicht ist fast so schmutzig, wie Kims und Kevins war, als sie die Kleinen fanden.

„Trink einen Schluck“, fordert Bray sie auf. „Der wird dir gut tun.“

Er gießt ihr ein und wartet, bis sie von sich aus zu reden beginnt. Es kann für ihn keinen Zweifel geben, dass sie eine harte Zeit durchgemacht hat. Er ist auf ihre Geschichte sehr gespannt.

Nachdem sie einen kleinen Schluck getrunken hat, stellt sie die Tasse ab, lehnt sich zurück und seufzt. „Es ist wegen Zoot“, beginnt sie. „So nennt er sich jetzt.“

„Ich weiß“, bestätigt Bray mit einem Nicken. „Was ist mit ihm?“

„Wir leben auf einer Farm im Süden. Das heißt, wir haben dort gelebt. Ach, Bray“, bricht es aus ihr heraus. „Es ist furchtbar!“

Er wartet, bis sie fortfährt.

Allmählich ebbt ihr Schluchzen ab. „Es sind gar nicht seine hirnrissigen Pläne, die mich so fertig machen. Er will die Stadt erobern – mit seinen Anhängern, den *Locos*. Das ist doch Wahnsinn!“

„Jetzt mal der Reihe nach“, unterbricht er irritiert. „Was will er?“

„Die Stadt erobern!“

„Ist nicht dein Ernst.“

„Doch! Er hat vielleicht vierzig Kids um sich geschart. Die sitzen alle bei uns auf der Farm und essen uns das Zeug weg! Alle durchgeknallt, einer wie der andere!“

„Das darf doch nicht wahr sein!“, ruft Bray halb entsetzt und halb amüsiert. Dass sein Bruder als Zoot so weit gehen würde, hätte er sich nicht träumen lassen. Die Vorstellung, dass sich Martin als Eroberer aufspielt, befremdet und erheitert ihn. Sehr ernst kann er diese Neuigkeiten nicht nehmen, dazu sind Zoots Absichten zu verstiegen.

Trudy blickt ihn ernst an und sagt: „Aber es gibt da noch etwas viel Schlimmeres als das ...“ Sie scheint sich zu schämen und senkt den Kopf. „Ich bin schwanger“, sagt sie leise. „Dabei bin ich mit Martin ursprünglich nur zusammen gewesen, um dich eifersüchtig zu machen, Bray.“

Diese zwei Aussagen stoßen ihn völlig vor den Kopf. Er schluckt mehrmals, findet aber dennoch keine Worte. Erst allmählich begreift er, dass Trudy in ihn verliebt ist – oder vielmehr war. Dieser Gedanke ist ihm unangenehm. Bray will nichts von ihr.

„Weiß er es?“, erkundigt er sich nach einer Weile vorsichtig.

Sie schüttelt den Kopf und seufzt erneut.
„Du kannst natürlich hier bleiben“, bietet er an.
Obwohl sie weint, bedankt sie sich für sein Angebot mit einem zarten, zerbrechlichen Lächeln.

Als später die anderen kommen, hat Trudy sich bereits ein Zimmer zurechtgemacht. Bray ist nicht weiter auf das eingegangen, was sie ihm gestanden hat. Mit seinen ausweichenden Worten hat er ihr klarzumachen versucht, dass es zwischen ihnen zu nichts kommen kann. Er meint aus ihrem Verhalten ihm gegenüber schließen zu können, dass sie ihn verstanden hat. Dennoch ist ihm nicht wohl in seiner Haut. Solange Trudy hier mit ihm wohnt, wird er sehr darauf bedacht sein müssen, seine Zurückhaltung ihr gegenüber richtig zu dosieren. Er mag Trudy und will sie nicht vor den Kopf stoßen, aber lieben kann er sie nicht.
Die Kleinen sind ganz aufgebracht.
„Ebony hat uns im Stich gelassen!“, platzt Kevin heraus, kaum dass er eingetreten ist.
Bray schaut Ebony verwundert an. „Was ist passiert?“
„Nichts!“, wehrt sie ab und wuchtet sich einen großen Sack Mehl von der Schulter.
„Doch ist was passiert!“, wehrt sich Kim. „Ein paar Kids haben uns angegriffen. Die wollten uns das Mehl klauen. Ebony ist mit dem Sack davongerannt, ohne sich um uns zu kümmern!“

„Stimmt das?", forscht Bray streng.

„Ach, was!", erwidert Ebony. „Ich war nur schneller als die beiden, das ist alles!"

„Du hast uns im Stich gelassen!", protestiert Kevin. „Wärst du bei uns geblieben, hätten wir uns wehren können. Aber so ..."

Er beginnt zu weinen. Bray kniet sich zu ihm nieder und umfasst väterlich seine Arme.

„Dir ist doch nichts geschehen, Kevin!", tröstet er den Kleinen. „Hör auf zu weinen. Ebony muss dir versprechen, dass sie so etwas nie wieder macht. Hast du gehört, Ebony?"

Er steht auf und fixiert sie mit einem strafenden Blick. Schon seit längerem ist ihm aufgefallen, dass sie immer erst an sich denkt, bevor sie für andere einsteht. Ihr das Versprechen abzunehmen wie verlangt, wird zwar an ihrem Charakter nichts ändern, aber vielleicht ist es ihr im Hinblick auf die schutzbedürftigen Kleinen eine Lehre.

„Schon gut", knurrt sie unwillig. „Beim nächsten Mal bin ich brav und bleibe stehen – auch wenn wir dann beklaut werden sollten."

Bray zieht die Stirn kraus. So hat er sich das Versprechen nicht vorgestellt. Aber für diesmal lässt er ihr diese Eigensinnigkeit durchgehen.

„Es gibt Neuigkeiten", sagt er, um das Thema zu wechseln. „Wir haben eine neue Mitbewohnerin." Er ruft ins Treppenhaus: „Kommst du bitte mal herunter?"

Als Trudy erscheint, beobachtet er Ebonys Reaktion. Sie hätte nicht ablehnender ausfallen können. Zuerst scheinen ihr vor Erstaunen beinahe die Augen aus den Höhlen treten zu wollen. Dann verengt sie sie zu dünnen Schlitzen und schießt auf Trudy einen zornfunkelnden Blick nach dem anderen ab. Trudy hingegen begrüßt ihre Rivalin genauso freundlich wie die zwei Kleinen.

Bray muss erkennen, dass er sich durch die nach wie vor vorhandene Feindschaft zwischen den beiden Frauen eine Menge Probleme aufgehalst hat. Er kann nur auf Trudys Fähigkeit hoffen, sich aus der Schusslinie zu nehmen. Mehr als einmal hat er beobachten können, wie geschickt sie darin ist. Bei Ebony auf Ansätze zum Ausgleich zu hoffen wäre jedenfalls vergeblich. Sie ist zu sehr von sich überzeugt, als dass sie eine Frau neben sich auf Dauer ertragen kann.

Zu Brays Überraschung funktioniert die Vierergruppe eine Zeit lang überraschend gut. Ebony kann schon allein deshalb wenig gegen Trudy unternehmen, weil sie es ist, die mehr Nahrungsmittel organisiert als Ebony. Das handelt Trudy nicht nur den Respekt Brays, sondern auch die Bewunderung der Kleinen ein.

Doch eines Tages kommt es zwischen den Frauen zum offenen Streit. Weil Ebony, als sie einmal kocht, die Rationen unübersehbar zu ihren Gunsten aufteilt, stellt Trudy sie zur Rede. Bevor Bray schlichten kann, gehen die Frauen aufeinander los.

Danach bleibt ihm nichts anderes übrig, als Ebony zu verstoßen. Er kann und will sich hier im Haus Unfrieden nicht leisten. Ohne einen Rückzugsort, an dem Harmonie und Eintracht herrscht, fühlt er sich den Anforderungen, die draußen überall lauern, nicht gewachsen. Schließlich trägt er für sie alle die Verantwortung.

Der Schritt, Ebony aus der Gruppe zu entfernen, ist ihm nicht leicht gefallen. Aber Bray ist nach langer Prüfung zu dem Schluss gekommen, dass ihm Ebony mit ihrem Verhalten gar keine andere Wahl gelassen hat.

Zoots Brandrede

Von überallher strömen die Anhänger, die Zoot für sich und seine Pläne hat gewinnen können, auf seiner Farm zusammen. Für den heutigen Tag hat er sie alle herbestellt. Er hofft, dass möglichst viele kommen werden. Bislang sind erst fünfzig eingetroffen, doch wenn alle kommen, könnten es über hundert sein.

In den letzten Tagen hat er fieberhaft gearbeitet. Seit Trudy verschwunden ist, kann er sich uneingeschränkt der Verwirklichung seiner Ziele widmen. Als sie noch hier war, hat es zwischen ihnen oft Streit gegeben. Er hat begreifen müssen, dass er sich in ihr getäuscht hat. Sie ist nicht die Frau, die an seiner Seite kämpft und in unbedingter Treue zu ihm steht. Mit Trudy ist die Umsetzung seiner kühnen Pläne nicht zu machen gewesen. Es hat ihr an dem Glauben gefehlt, dass er der geborene Herrscher ist. Am Ende war sie ihm nur noch im Weg. Er ist froh, dass er sie los ist.

Seine Anhänger jedoch sind aus anderem Holz geschnitzt. Jeder Einzelne von ihnen, ob Junge oder Mädchen, würde für ihn durchs Feuer gehen.

Von seinen Ideen, erst die Stadt zu erobern, dann womöglich das Land und vielleicht sogar die ganze Welt, sind sie hingerissen. Begeistert haben sie ihm zugehört, als er ihnen sein Vorhaben darlegte. Nachher, wenn die Stunde gekommen sein wird, werden sie ihm zujubeln.

Von dieser Gewissheit ist er nicht erst seit heute erfüllt. In den letzten Tagen war sie es, die ihm geholfen hat, die notwendigen Strapazen durchzustehen. Er hat Wagenladungen von Nahrungsmitteln angeschleppt, teilweise von sehr weit her. Er hat für Kleider gesorgt, die seine Getreuen tragen sollen, für genügend Wasser, für Decken und Moskitonetze. Tausend unersetzliche Kleinigkeiten waren zu organisieren, um den großen Zug ausstatten zu können, den Zoot vorhat. Er hat es geschafft. Mit Hilfe einiger ausgewählter Anhänger hat er alles zusammengetragen, was er braucht.

Gegen Abend ist die Zahl Hundert erreicht. Zoot ergreift das Megafon, das ihm Rick, sein treuester Untergebener, beschafft hat. Flankiert von Rick und Willy, einem nicht weniger ergebenen Diener, tritt er aus dem Farmhaus, das seine Kommandozentrale darstellt. Vor ihm liegt das Heer seiner Anhänger auf dem sandigen Boden und erwartet ihn mit neugierigen, gespannten Blicken. Er genießt es, in seiner fantastischen Uniform durch die dichten Reihen seiner Leute zu schreiten, und nickt dem einen oder anderen dabei aufmunternd und verheißungsvoll zu.

Als er den großen Heuschober, den er vor der Scheune für sich errichten ließ, erreicht hat, lässt er sich von Willy und Rick hinaufhelfen. Er reicht Rick das Megafon. Jede seiner Gesten ist einstudiert, und doch wirkt in seinen Augen alles natürlich und selbstverständlich. Er fühlt sich für Großes geboren und empfindet seine Posen schlichtweg als angemessen.

Auf dem höchsten Bündel angekommen, erhebt er sich und lässt sich von Rick das Megafon reichen. Jetzt kommt es darauf an, dass er seine Leute erreicht, dass er ihnen aus der Seele spricht und sie durch seine Worte bereitmacht, ihm zu folgen. Gespannt lässt er seine Blicke über die Versammelten schweifen, bis kein Ton mehr zu hören ist. Erst jetzt nimmt er das Megafon an den Mund.

„Treue Anhänger!“, ruft er ihnen zu. „Die Stunde der Entscheidung ist gekommen! Heute noch könnt ihr beweisen, was in euch steckt. Ich weiß, ihr habt alle das Zeug dazu!“

Jubel brandet ihm entgegen, den er mit einer huldvollen Geste einstreicht.

„Die meisten von euch wissen noch nicht in allen Einzelheiten, worum es mir geht. Ich werde euch jetzt in meine Pläne einweihen.“ Er macht eine Pause, um Spannung aufzubauen. „Die Welt“, fährt er hierauf fort, „versinkt im Chaos. Das Virus ist dafür verantwortlich, aber auch diejenigen, die davon verschont worden sind. Habe ich damit Recht?"

Ein donnerndes „Ja!" erschallt, das er zufrieden entgegennimmt.

„In den Städten und auch auf dem Land sind die Zustände trostlos. Das Chaos herrscht überall. Nirgendwo gibt es jemanden, der die Dinge in die Hand nimmt. Habe ich Recht?"

Das „Ja!" tost erneut auf.

„Ich frage euch: Warum ist das so? Vor dem Virus herrschte Recht, Ordnung und Gesetz. Wir hatten eine Regierung, intakte Behörden, die Versorgung war gewährleistet. Das ist leider nicht mehr so. Früher saßen an den wichtigen Stellen Leute, die wussten, was sie taten – zumeist jedenfalls. Heute sind diese Stellen verwaist. Ich frage euch: Sollen etwa die über uns befehlen, die keine Ahnung von dem haben, was sie tun?"

Ein hundertstimmiges „Nein!" brandet ihm entgegen, das er lächelnd zur Kenntnis nimmt.

„Nein!", fährt er fort. „Solchen Leuten geben wir den Befehl über uns nicht! Diejenigen, die in der Stadt wohnen, halten sich für etwas Besseres und wollen über uns herrschen. Wir aber lassen uns nicht beherrschen! Habe ich Recht?"

Es wundert ihn keineswegs, dass ihm mit einem „Ja!" geantwortet wird, obwohl er weiß, dass es niemanden gibt, der über sie herrschen will. Doch so hat es sich bei der Ausarbeitung der Rede ergeben. Er hat keinen Grund gesehen, die Passage zu ändern.

„Wir können das besser!“, ruft er seinen Anhängern zu. „Wir sind es, denen wir Macht über uns zubilligen, allein wir! Es liegt an uns, eine Welt zu erschaffen, die unseren Vorstellungen entspricht. Wollen wir das etwa den Städtern überlassen? Wollt ihr, dass sie uns ihre Vorstellungen aufzwingen? Wollt ihr das?“

„Nein!“, dröhnt es durch den Hof.

„Nein, das wollen wir nicht! Wir machen uns die Welt so, wie sie uns gefällt und nicht den Städtern! Seid ihr bereit dazu, für dieses Recht Opfer zu bringen?“

„Ja!“, rufen seine Anhänger zu ihm herauf, allerdings ein wenig verhaltener als vorher.

„Das Opfer, das ich von euch verlange, ist nicht groß“, beschwichtigt er sie. „Dafür ist der Gewinn, den ihr aus diesem Unternehmen ziehen werdet, enorm! Wenn ihr mit mir geht, verspreche ich euch Freiheit und Reichtum. Wollt ihr das?“

Das „Ja!“ wird voller.

„Wollt ihr mein Stamm sein, mein Tribe, meine Locos?“

„Ja!“, jubeln sie ihm zu.

„Wollt ihr mit mir in die Stadt ziehen?“

„Ja! Ja!“

„Wollt ihr die Stadt unterwerfen und sie unter eure Macht bringen?“

„Ja! Ja! Ja!“

„Wollt ihr das Chaos und die Macht, die Macht und das Chaos?“

„Ja!“, grölen alle einstimmig.

„Dann – folgt mir! Folgt eurem Zoot!“

Unter den johlenden Rufen seiner Anhänger steigt er vom Heuschober herab und stellt sich an ihre Spitze. Der Zug der Locos hat begonnen.

Umsiedlung

Brays Haus platzt aus allen Nähten. Beinahe auf jedem seiner Streifzüge durch die verwüstete Stadt ist er auf Kinder getroffen, die seine Hilfe nötig haben. Ohne ihn wären sie vielleicht sogar dem Tod ausgesetzt. Sein Mitleid mit ihnen hat dazu geführt, dass die Gruppe größer geworden ist, als es das Haus verträgt. Auch Trudy bringt hin und wieder Kinder her. Deshalb sieht Bray sich vor die Konsequenz gestellt, entweder einige seiner Schutzbefohlenen aufzugeben oder für alle eine neue, ausreichend große Bleibe zu suchen.

Fast jeden Abend hat er mit Trudy die allmählich prekär werdende Enge besprochen, die im Haus herrscht. Wie er ist sie der Ansicht, dass sie es keinem der Kleinen zumuten können, wieder auf sich allein gestellt zu sein. Jeder von ihnen ist den beiden ans Herz gewachsen. Gemeinsam bilden sie eine zwar eigenartige, aber doch fest zusammenhaltende Familie. Bray ist ihr Oberhaupt, und Trudy hilft ihm dabei, nicht den Überblick zu verlieren.

„Wir müssen umziehen!", bekräftigt er ihr gegenüber einmal mehr. „So geht es wirklich nicht weiter. Ich finde es ja gut, dass du gestern wieder zwei Kids angeschleppt hast. Jetzt wissen sie wenigstens, wo sie hingehören. Aber einmal muss Schluss sein! Wir können nicht noch mehr aufnehmen!"

„Ich weiß, ich weiß", sagt sie beschwichtigend und wendet auf dem Grill die Fleischstücke. „Morgen, schlage ich vor, machen wir uns auf die Suche nach etwas Geeigneterem."

„Vorschlag angenommen!", sagt er in scherzhaftem Ton. „Es wäre doch gelacht, wenn wir nichts Passendes finden würden!"

„Die Banden in der Stadt werden immer aggressiver", gibt sie zu bedenken. „Es müsste also etwas sein, das sicheren Schutz vor Übergriffen bietet. Wie das Haus hier eben."

„Ich fürchte, das hat ausgedient", sagt er traurig. Ihm ist wenig Zeit geblieben, an seine Eltern zu denken. In diesem Moment jedoch wird er durch das Haus an sie erinnert. Eine ganze Weile hängt er seinen traurigen Gedanken nach. Dann verscheucht er sie und wendet sich wieder den Problemen des Alltags zu. „Morgen früh also!"

„Morgen früh!"

Mit dem Wagen fährt er mit Trudy in aller Frühe ins Stadtzentrum. Hier stehen die größten Gebäude, und weil man sich in einigen von ihnen beinahe verlaufen kann, bieten sie auf diese Weise Brays Meinung nach am meisten Schutz. Wenn sie ein kleines Haus wie das von Bray finden sollten, wäre ihnen das auch nicht unrecht. Es müsste nur gut verschließbar sein und möglichst Eisengitter vor den Fenstern haben.

„Zuerst sollten wir die Stadtbibliothek ansehen", schlägt Bray vor. „Dort können wir die Kleinen vielleicht unterrichten. Bücher jedenfalls wären da!"

„Viel wichtiger ist eine Küche, das weißt du selbst am besten! Und ein Garten mit einem Zaun wäre auch nicht schlecht."

„Trudy, wir sind im Stadtzentrum! Da gibt es so etwas nicht. Okay, das mit der Bibliothek war wahrscheinlich dumm von mir. Aber wenn wir schon unbedingt hierher wollen, dann müssen wir auf einen Garten verzichten!"

„Wer kam denn überhaupt auf die Idee mit der Stadtmitte?"

„Das warst du. Wenn ich dich erinnern darf: Du hast behauptet, hier seien die Wege kürzer als zu uns hinaus in die Vorstadt. Und damit hast du zweifellos Recht. Fragt sich nur, ob wir die Kids nicht hier genauso oder vielleicht sogar noch mehr der Gefahr aussetzen, als wenn wir sie weiterhin irgendwo in die Vorstädte gehen lassen."

„Hm", meint Trudy nur und zieht eine Schnute.

Bray hält das Auto an und deutet auf die andere Straßenseite. „Drüben ist das Einkaufszentrum. Meinst du, wir sollen es dort mal versuchen?"

„Okay", stimmt sie kurz entschlossen zu.

„Jetzt sind wir schon einmal hier. Da sollten wir es uns wenigstens ansehen."

„Wie du meinst."

Sie steigen aus, schließen den Wagen ab und gehen über die Straße. Turmhoch baut sich das „Mall" genannte Gebäude vor ihnen auf. Die Gläser der Schwingtür sind eingeschlagen, sie funktioniert aber noch. Mit knirschenden Schritten über die Scherben betreten sie das Innere.

Hier herrscht überall die fürchterlichste Unordnung. Es zeigt sich auf den ersten Blick, dass die Plünderer alles, restlos alles ausgeräumt haben. Keine einzige Schaufensterscheibe haben sie heil gelassen. Das Einzige, was sich als intakt geblieben herausstellt, ist die Küche im Hinterzimmer eines Cafés, das sie durchsuchen. Die Kaffeemaschine allerdings, die auf dem Tresen stand, ist abmontiert und nirgends zu finden.

„Wenigstens etwas!", stöhnt Trudy einigermaßen zufrieden. „Hier drin kann man kochen." Sie stöbert in der verstreut herumliegenden Einrichtung herum, findet einen total verstaubten Topf und zeigt ihn Bray. „Klasse, was?" Sie wirft den Topf weg, der scheppernd auf dem Boden aufschlägt.

„Lass uns in die oberen Stockwerke gehen“, fordert Bray sie auf. „Vielleicht ist es da besser.“

Nach langer Suche finden sie tatsächlich eine Reihe von Läden, die auf den ersten Blick recht geeignet erscheinen, ihr neues Zuhause zu bilden. Sie sind um ein Restaurant gruppiert, dessen gesamte Einrichtung unzerstört geblieben ist. In einem der Läden wurden Betten verkauft, von denen die meisten noch in ansprechendem Zustand sind. Alles, was sie sonst noch brauchen, können sie im Lauf der Zeit entweder aus der Mall oder auch von Brays Haus herbeischaffen.

Sie beschließen, mit den Kindern hierher umzusiedeln.

In der Stadt

Zu Martins Freude haben sich ihnen auf dem Weg in die Stadt viele weitere Kinder und Jugendliche angeschlossen. Somit ist die Zahl seiner Anhänger beträchtlich gestiegen. Der Zug umfasst jetzt mehr als zweihundert Leute und stellt schon allein wegen seiner Vielköpfigkeit die Macht dar, von der Zoot geträumt hat. Wenn es seinen Locos gelingt, die Stadt in ihre Gewalt zu bringen, ist sein Traum vorerst am Ziel.

Als der Zug die Vorstädte erreicht, kommt es zu ersten Kämpfen. Viele der Hausbewohner wollen ihre Unterkunft nicht aufgeben und wehren sich gegen die eindringenden Locos. Allerdings sorgt deren zahlenmäßige Überlegenheit rasch für klare Verhältnisse. Wer sich aus den Reihen der Geschlagenen dem Zug nicht anschließt, wird verhaftet und bewacht.

So mehrt Zoot geschickt seine Macht. Je weiter er vorrückt, desto mehr Anhänger sieht er hinter sich geschart. Er ist wie geblendet vom Anblick dieses sich ständig vergrößernden Heeres. Ob jeder der an dem Zug Teilnehmenden wirklich weiß, worum es geht, ist Zoot einerlei. Für ihn ist die Hauptsache, dass ihm die Menge gehorcht.

Seine Macht wird auf eine erste Probe gestellt, als der Zug an einem Wohnkomplex ankommt, dessen Dimension für Schwierigkeiten sorgt. Es erweist sich als unmöglich, in die Anlage einzudringen.

„Was sollen wir tun?“, wird Zoot von Rick gefragt.

Auch Willy weiß keinen Rat. „Die haben nicht nur abgeschlossen“, beklagt er sich bei seinem Anführer, „sondern die Eingänge verrammelt. Schau nach oben, Zoot: Da strecken sie ihre Köpfe über die Balkone und lachen uns aus!“

Zoot vergewissert sich, dass Willys Angaben stimmen, indem er vom Haupteingang zu einem der Nebeneingänge eilt. Er findet hier dasselbe Bollwerk vor wie am Haupteingang. Kurz entschlossen ruft er seinen Anhängern zu:

„Wollt ihr euch von denen für dumm verkaufen lassen? Legt Feuer an die Bude!“

Kaum ist sein Ruf verhallt, strömen seine Locos in verschiedene Richtungen, um Brennmaterial zu suchen. Kurz darauf brennt zu seiner Freude vor jedem Eingang ein Feuer. Keine halbe Stunde nachdem der Zug an dem Wohnkomplex angekommen ist, fliegen nacheinander die Türen auf. Hustende eilen auf die Straße und geben die Eingänge frei.

„Wir stürmen!", schreit Zoot voller Begeisterung und winkt seiner Anhängerschaft zu, ihm zu folgen. Er selbst reißt das Feuer am Haupteingang auseinander und bricht durch die aufgetürmten Möbel, mit denen die Türen verstellt sind, nach innen. Hinter ihm quellen die Locos nach.

Seit sie freie Bahn haben, sind sie doppelt mutig. Wer sich ihnen in den Weg stellt, wird sofort nach draußen geschleppt und gefesselt. Bleibt eine Wohnungstür auch nach mehrmaligem Befehl, sie zu öffnen, geschlossen, wird sie mit vereinter Kraft eingetreten. Jeder Bewohner, der sich dem Strom der Locos anschließen will, wird aufgenommen. So frisst sich Zoots Anhängerschaft wie ein Heuschreckenschwarm von Stockwerk zu Stockwerk.

„Martin!", ruft plötzlich eine weibliche Stimme aus dem lärmenden Durcheinander von Bewohnerschaft und Eindringlingen.

Als Zoot genau hinschaut, erkennt er Ebony. „Gehörst du zu uns, oder stellst du dich gegen mich? Du hast die Wahl!", sagt er giftig.

„Was wollt ihr?", erkundigt sie sich konsterniert. „Und was soll dein komischer Aufzug? Diese Brille. Ich hätte dich fast nicht wieder erkannt!"

„Meine Uniform weist mich als den aus, der ich bin: Zoot, der Anführer meines Stammes! Ich frage dich noch einmal: Willst du verhaftet werden oder an meiner Seite kämpfen?"

„Ich erkenne dich wirklich nicht wieder", murmelt sie überrascht. „Aber was du tust, gefällt mir! Klar bin ich dabei!"

„Gut", sagt er gemessen. „Dann reihe dich ein. Ich weise dir den Platz hinter Rick und Willy zu. Kommt jetzt, wir sind hier fertig! Den Rest können die Locos auch ohne mich in den Griff bekommen."

Das ständige Anwachsen des Zuges stellt Zoot vor Probleme. Als Einheit sind sie so groß, dass seine Befehle nicht mehr jeden erreichen. Zudem agieren sie zu behäbig. Zoots rascher Entschluss, den Zug in mehrere Untergruppen aufzuspalten, macht sie insgesamt mobiler. Nach einigen Stunden hat er auf diese Weise mit den Getreuesten seiner Getreuen und einer vielleicht fünfzigköpfigen Schar die Innenstadt erreicht.

Bray hat den eigenartigen Mob schon eine ganze Weile beobachtet. Er will mit seinen Schutzbefohlenen in die Mall einziehen, scheut sich jedoch, dieses Wagnis einzugehen. Zwar kann er sich nicht vorstellen, dass sein Bruder sich ihm in den Weg stellen würde. Für den Rest der Locos kann Bray diese Garantie allerdings auf keinen Fall geben. Deshalb verfolgt er mit seinen ungefähr dreißig Kindern den Zug der Locos parallel von einer Seitenstraße aus.

Plötzlich entdeckt Ebony die Gruppe von Bray und weist Zoot auf sie hin.

„Worauf warten wir?“, ruft er seinen Anhängern zu. „Dort drüben in der Seitenstraße wartet Nachschub auf uns. Nehmen wir sie gefangen! Oder gliedern wir sie ein. Vorwärts!“

Bray hat diesen Befehl genau gehört. Dennoch traut er seinen Ohren nicht. Es ist ihm rätselhaft, weshalb sein Bruder ihn und die anderen gefangen nehmen will. In aller Eile legt er sich einen Plan zurecht, der seiner Gruppe gegen die Locos Vorteile verschafft. Er fordert die anderen auf, sich so schnell wie möglich auf dem rückwärtigen Teil der Mall zu versammeln. Dort will er mit seiner Gruppe Martin und die Locos erwarten.

Zoot stürzt ihnen mit seinen Anhängern hinterher. Als sie um die Ecke der Mall biegen, prallt er zurück. Vor ihm hat sich Brays Gruppe aufgebaut. Als Verband macht sie auf Zoot einen einschüchternden Eindruck. Seiner Schätzung nach hat Bray annähernd genauso viele Kids um sich geschart wie er.

„Was ist, Martin? Willst du mich im Ernst verhaften? Mich, deinen Bruder?“, ruft Bray zu ihm hinüber.

Hinter Zoot drängen immer mehr seiner Anhänger auf den Platz. Zufrieden stellt er fest, dass sie nun vollzählig sind. Zoot steht vor der Entscheidung, ob er Bray angreifen soll. Die Demütigungen, die er früher durch ihn erdulden musste, könnte er jetzt rächen. Unter Brays Leuten entdeckt er Trudy. Ihre Zugehörigkeit zu Bray versetzt ihm zusätzlich einen Stich. Er fragt sich im Stillen, ob er seinen Bruder töten soll. Jedenfalls flüstert ihm eine innere Stimme zu, genau das zu tun.

Aber er verharrt unschlüssig auf der Stelle.

Bist du bereit für das Außergewöhnliche?

Eine Welt ohne Erwachsene

Band 1
Schöne neue Welt
ISBN 3-89748-597-4

Band 2
Zwischen Hoffen und Bangen
ISBN 3-89748-598-2

Band 3
Das Zeitalter der Auserwählten
ISBN 3-89748-667-9

Band 4
Der Weg in die Freiheit
ISBN 3-89748-668-7

www.DinoAG.de www.tribeworld.de

Die Bücher zur erfolgreichen Kultserie

STELL DIR EINE WELT VOR, IN DER DU NIE DIE SONNE SIEHST.
GARTH NIX'
DER SIEBTE TURM™
Das große Finale! Ab 20. September erhältlich.
Band 4:
Jenseits der Grenze
ISBN: 3-89748-405-6
Band 5:
Die Schlacht beginnt
ISBN: 3-89748-554-0
Band 6:
Der violette Sonnenstein
ISBN: 3-89748-555-9
Band 1:
Sturz in die Dunkelheit
ISBN: 3-89748-402-1
Band 2:
Mauern des Todes
ISBN: 3-89748-403-x
Band 3:
Aenir – Reich der Schatten
ISBN: 3-89748-404-8
© 2002 Lucasfilm Ltd. & ™. All rights reserved.
Dino
www.DinoAG.de
ENTDECKE DAS LICHT.
LUCAS BOOKS
www.theseventhtower.com

Die Romane zur erfolgreichen TV-Serie

DER OFFIZIELLE ROMAN ZUR SERIE

ISBN 3-89748-613-X

ISBN 3-89748-631-8

ISBN 3-89748-632-6

Neu!

– Bd 1: Sabrina, total verhext!	– Bd 7: Hokuspokus, Hund und Harvey
– Bd 2: Ausgestrickst!	– Bd 8: Verflixtes Glück!
– Bd 3: Hexe hin, Hexe her!	– Bd 9: Jetzt schlägts dreizehn!
– Bd 4: Gefährlicher Glitter!	– Bd 10: Hilfe, Hexenjäger!
– Bd 5: Sabrina macht Geschichte!	– Bd 11: Eine Meerjungfrau am Haken
– Bd 6: Magic Love	– Bd 12: Hexopoly

Total verhexter Zauberspaß, der nicht im Fernsehen gezeigt wird.